DU MÊME AUTEUR

Aux Éditions Gallimard

UNE VIE À COUCHER DEHORS, 2009 (Folio n° 5142), Goncourt de la nouvelle 2009 et prix de la Nouvelle de l'Académie française 2009.

DANS LES FORÊTS DE SIBÉRIE, 2011 (Folio n° 5586), prix Médicis essai 2011.

S'ABANDONNER À VIVRE, 2014 (Folio n° 5948).

SUR LES CHEMINS NOIRS, 2016 (Folio n° 6597).

LA PANTHÈRE DES NEIGES, 2019 (Folio n° 6968), prix Renaudot 2019.

Livres illustrés

HAUTE TENSION. DES CHASSEURS ALPINS EN AFGHANISTAN, avec les photographies de Thomas Goisque et les illustrations de Bertrand de Miollis, 2009 (Hors série connaissance).

SIBÉRIE MA CHÉRIE, avec les photographies de Thomas Goisque et les illustrations de Bertrand de Miollis et d'Olivier Desvaux, 2012.

BEREZINA, avec les photographies de Thomas Goisque, 2016.

LA PANTHÈRE DES NEIGES, avec les photographies de Vincent Munier, 2021.

Chez d'autres éditeurs

ON A ROULÉ SUR LA TERRE, avec Alexandre Poussin, Éditions Robert Laffont, 1996 (Pocket).

LA MARCHE DANS LE CIEL, avec Alexandre Poussin, Éditions Robert Laffont, 1998 (Pocket).

LA CHEVAUCHÉE DES STEPPES, avec Priscilla Telmon, Éditions Robert Laffont, 2001 (Pocket).

L'AXE DU LOUP. De la Sibérie à l'Inde sur les pas des évadés du goulag, Éditions Robert Laffont, 2004 (Pocket).

PETIT TRAITÉ SUR L'IMMENSITÉ DU MONDE, Éditions des Équateurs, 2005 (Pocket).

ÉLOGE DE L'ÉNERGIE VAGABONDE, Éditions des Équateurs, 2007 (Pocket).

Suite des œuvres de Sylvain Tesson en fin de volume

BLANC

SYLVAIN TESSON

BLANC

nrf

GALLIMARD

Page 198 : la nouvelle « Égalité-Égalité-Égalité » a paru dans *Le Figaro Magazine* n° 23848 du 23 avril 2021.

Pour AJG, blonde, blanche, bleue.

« Les hautes montagnes pour moi sont comme un sentiment. »

Lord Byron, *Manfred*

« Le blanc, donc, signifie joie, plaisir et liesse, et signifie cela non à tort, mais à bon droit et à juste titre. »

Rabelais, *Gargantua*

« L'infinie variété des paysages nous démontrait sans cesse que nous n'avions pas encore connu toutes les formes de bonheur, de méditation ou de tristesse qu'elles pouvaient envelopper. »

André Gide, *Les Nourritures terrestres*

Blanc, une traversée des Alpes
Trace de Daniel du Lac
Philippe Rémoville
et Sylvain Tesson 2018-2021
1 : Arrivée en 2018
2 : Arrivée en 2019
3 : Arrivée en 2020
4 : Arrivée en 2021
ALLE
SUISSE
Le lac Léman
Simplon 2
Andermatt
col de Splügen
Olivone
L'Engadine
Sils-Maria
3
Tessin
Cervin
Mont Blanc
Courmayeur
Ruitor
Val d'Isère
1
Mont Cenis
FRANCE
pointe Sommeiller
Montgenèvre
Ristolas
Queyras
ITA
Col de Fer
mont Ténibre
Mercantour
MENTON
N
100 Km.
La mer Méditerranée

MAGNE
AUTRICHE
Tyrol
Sölden
Le Brenner
Haut-Adige
Livigno
Dobbiaco
Les Dolomites
Alpes carniques
Triglav
Alpes Juliennes
SLOVÉNIE
Duino
Trieste
VENISE
LIE
La mer Adriatique

AVANT-PROPOS

Que faire ?

Il avait neigé. Nous le devinions avant même de regarder par la fenêtre. Le ciel avait disparu, le monde était blanc. J'avais passé la nuit près du poêle à bois d'une cabane de montagne. Mon ami le guide Daniel du Lac de Fugères était couché contre un tas de cordes.

J'eus envie de me lever et de pénétrer dans le silence. Le Blanc recèle ses mystères. La neige dicte la pensée du ciel à la Terre. Mais le brouillard, avec ses teintes de cadavre, décourage les explorations. À l'aube, personne n'a envie de pousser les portes d'une morgue. Il suffirait pourtant de lever le premier voile.

« Du Lac, dis-je. Pourquoi ne pas nous enfoncer dans le Blanc ? On a quelque chose à y trouver. »

« Que faire ? » avait demandé Lénine sur son lit de mort. Les Russes aimaient cette question. Plus tard, ils se poseraient une autre question : « Qu'avons-nous fait ? »

L'Histoire nous l'avait prouvé : les lendemains ne chantent jamais. La géographie, elle, tient ses promesses. Elle nous apprend que la vie est dans le mouvement. Du Lac me dit : « Traversons les Alpes à ski ! »

Il avait son idée : nous partirions en hiver de la mer Méditerranée où sombre la montagne dans des gerbes de palmiers. Nous remonterions vers le nord-est, suivant la courbure de la chaîne, jusqu'à Trieste, ville impossible de l'Adriatique où la convention fixe la fin des Alpes. En chemin, on resterait au plus près de la crête axiale. Nous dormirions dans les refuges, les abris. Ce serait une chevauchée, mais à ski, entre deux mers. Rien que la neige ! Il y aurait des centaines de kilomètres à arracher, mètre après mètre. Cela sonnait comme un travail de forçat. En réalité, c'était une aubaine : la définition du bonheur est d'avoir un os à ronger.

La moindre course dans la montagne dissout le temps, dilate l'espace, refoule l'esprit au fond de soi. Dans la neige, l'éclat abolit la conscience. Avancer importe seul. L'effort efface tout – souvenirs et regrets, désirs et remords.

Mais qu'atteindrais-je, à travers cette chaîne, pendant des mois, et que gagnerais-je à m'infliger ces fatigues ? Ce matin-là, je l'ignorais encore : il ne s'agirait pas de parcourir un massif mais de se fondre dans une substance. Mon rêve, longtemps poursuivi, s'accomplirait peut-être : du voyage faire une prière.

Un an plus tard, par une matinée de mars, nous nous tenions, une paire de skis à la main, sur la plage du village de Menton, près de la frontière italienne. Entre-temps j'avais appris à du Lac la formule de Paul Morand : « Ailleurs est un mot plus beau que demain. »

Nous avions répondu à la question *Que faire ?* puisque nous savions où aller.

2018, première année

LA LIBERTÉ

Le premier jour, 8 mars[1]

De Menton à Olivetta par le col du Berceau,
13 kilomètres et 1 300 mètres de montée.

Derrière nous, Menton, avec ses maisons jaunes en escalier sur des pentes de fleurs. On goûta l'eau des doigts. Je me léchai l'index car la mer est le sel de la Terre, puis du Lac marmonna « on y va, on n'est pas d'ici ». J'en connaissais moi aussi des phrases pour les départs. De Rimbaud : « Je vais acheter un cheval et m'en aller. » De Montaigne : « Il faut être toujours botté et prêt à partir. » De Mme Despentes : « On se lève, on se casse. » De Gide : « Une des grandes règles de l'art : ne pas s'attarder. » Et la plus belle, du Christ, dans l'Évangile selon Matthieu : « Viens et suis-moi. »

Du Lac avait ses principes : ne rien demander à personne, ne jamais s'éterniser, trouver poésie dans la furtivité. « Circulez ! il y a tout à voir », une autre de ses expressions.

1. *Blanc* s'étire sur quatre hivers, de 2018 à 2021. J'ai tenu un décompte continu des jours, considérant qu'il s'agit du même voyage fractionné en quatre ans au cours des mois de mars-avril 2018, mars 2019, février-mars 2020 et mars-avril 2021.

Notre aventure allait s'étirer sur quatre hivers, à raison de trois semaines ou un mois de ski par an. Pour lutter contre une pneumonie planétaire, les gouvernements allaient bientôt assigner les sociétés à résidence. La *liberté d'aller* deviendrait un enjeu politique. « Se lever et se casser » ne serait plus si simple. Un jour, en France, on serait sommé d'exhiber une autorisation par soi-même remplie pour aller cueillir des violettes sur le talus d'en face.

Les escaliers de Menton devinrent une route qui devint une piste qui devint un chemin. Les cailloux roulèrent une musique que je connaissais : celle des marches de garrigues. Le calcaire sentait la lumière. Les pins maritimes laissèrent place à leur cousin d'Alep, habitués aux luttes (contre la pente). Combien y aurait-il de cols avant l'Adriatique ? Était-il même possible que nous réussissions à les franchir tous ?

Nous passâmes le col du Berceau après 1300 mètres de montée. De l'autre côté, au nord, l'Italie. Le chemin forestier était blanc. Nous avions quitté la mer cinq heures plus tôt et trouvions déjà la neige. Cette année-là, elle était descendue très bas. Il y avait des traces d'écureuil italien. Cheminer de la mer à la montagne symbolisait l'effort amphibie des espèces, initié il y a des milliards d'années.

On descendit vers le village d'Olivetta à travers les ronces, les ruines et les restanques. Les « trois R » sonnaient la litanie du monde d'hier où les paysans tenaient le territoire, comme un système. On dormit dans une auberge où du Lac s'envoya un flacon de grappa. Je ne buvais plus d'alcool. Je regardais mon camarade avec nostalgie et lui révélais la manière russe de se préparer au sommeil :

Un premier verre : pas besoin de berceuse !
Un second : pas besoin de couvertures !
Un troisième : pas besoin de lit !

Il se coucha avec ses visions et moi je m'endormis seul puisque sobre. La mer, la neige, l'écureuil : une bonne journée.

Le deuxième jour

D'Olivetta au col de Turini par le col de Brouis,
21 kilomètres et 1 800 mètres de montée.

Après avoir rejoint à pied le col de Brouis, on monta les 700 mètres d'un vallon de calcaire et de gypse. Nous chaussâmes les skis au contact de la première neige, à 1 600 mètres. Ce fut notre cérémonie de bénédiction sans prélats, sans liturgie, sans rien. Seul le claquement des fixations. La mer était encore visible, noire, là-bas, dans son trou.

Désormais, nous appartenions à la montagne. La neige serait la totalité : la fiancée, le linceul, la promesse, la pureté sexuelle et la force cosmique, la matrice du pardon et des lavements que nous chercherions à ne pas quitter.

Nous visions la piste militaire du Mercantour, ancienne voie frontalière. Il fallut s'élever dans des pentes de neige chaude piquée de saules et de mélèzes. « C'est de la colle ! » dit du Lac. Les arbres faisaient des plumeaux. On se contorsionnait pour passer sous les branches. On atteignit la crête. L'hiver 2018 avait été neigeux. Rarement autant de fraîche ! Les corniches dégueulaient. La montagne ? Un gâteau. Les avalanches avaient emporté des skieurs. Chaque jour, à la radio : les touristes ensevelis ! Mes proches m'avaient prévenu : « Ne pars pas ! L'année est maudite. Du Lac est fou ! » Elles sont étranges les marques d'affection chez ces amis qui rêvent de vous passer les menottes...

On skiait sur la piste blanche, à 2 000 mètres. Casernes et fortins étaient semés comme des reposoirs. Nous passions la revue des ruines noires au milieu des forêts féeriques. Autrefois, cette arête fut une ligne en feu. On s'y tua ardemment au milieu du XVIIIe siècle puis à la Révolution. Bonaparte fit ses armes à l'Authion. On fortifia en 1930, on rempila en 1945. Dans ces sapinières pour reine des neiges, les batailles avaient servi à fixer les frontières d'une nation où vivaient aujourd'hui des citoyens tranquilles qui n'aimaient pas les frontières.

Cette année, dans le Mercantour et la Tinée, les militants accueillaient les exilés du Sahel et du Proche-Orient. Les éléphants d'Hannibal, les colporteurs et les contrebandiers italiens, les réfugiés du XXIe siècle et le loup du XXe, tous connaissaient le passage. Chaque rempart a ses faiblesses. Les forces de l'ordre patrouillaient, traquant passeurs et passants. Hier, dans les forêts, nous avions croisé gendarmes et légionnaires. Entre deux patrouilles, les membres des associations humanitaires prenaient en charge des hommes seuls ou des familles entières venus de Syrie, de Libye, d'Afghanistan, d'Irak ou du Mali. Les malheureux avaient traversé le désert, la mer, jusqu'à l'ultime herse. Ici, dans les Alpes-Maritimes, ils trouvaient des mains tendues. Ces migrants ne migraient pas. Ils fuyaient à jamais la guerre d'islam. Seules les rives chrétiennes leur donnaient une chance.

Du Lac et moi n'étions pas des enfants de l'exil. Nous

avions une porte à pousser le soir. À ski, nous poursuivions un rêve d'enfant : l'école buissonnière géante. Nous aimions relier des lieux inaccessibles par des endroits infranchissables. Ce gymkhana était notre jeu. Et franchir une frontière à pied un exercice que nous ponctuions de « ciao bella » aux cimes blanches. Nous avions des arrières. Quelqu'un nous attendait quelque part, définition de la richesse.

À huit heures du soir, à la lueur des lampes, nous frappâmes à la porte d'un hôtel au col de Turini.

Le lendemain, nous repartirions, une fois passé le coup d'éponge sur les épuisements de la veille. La nuit, cette remise de peine.

Le troisième jour

Du col de Turini au refuge non gardé des Merveilles
par la Pointe des Trois Communes et le Pas du Diable,
12 kilomètres et 1 000 mètres de montée.

Ce matin, au-dessus des orées blanches, les crêtes de la Pointe des Trois Communes dessinaient des sinusoïdes entre la terre et le ciel : en bas la laque rose, en haut le pastel bleu. De la forêt (mikado de cristal), on sortit après 300 mètres de montée. Nous suivîmes une arête, pas trop proche du vide pour ne pas rompre la corniche mais pas trop bas pour ne pas déclencher l'avalanche. En bref : à pas de velours sur des œufs Fabergé. Au bout de la fine lame, le Mercantour.

Le vent se leva à midi et le grésil torgnola le monde. J'allais pendant des semaines vivre ces alternances de grâce et de peine. À chaque fois que le monde me révélerait sa beauté, il faudrait que j'en payasse la joie par une paire de gifles !

À quatre heures, au milieu d'une pente à 45°, en équilibre sur les carres métalliques de mes skis, tâchant de serrer ma moufle, je laissai tomber mon bâton dans les rochers, 100 mètres en contrebas. Ma traversée intégrale des Alpes à ski commençait par une erreur de bleu-bite. Le ski de randonnée est une activité de quadrupède. À trois pattes je rejoignis un replat et du Lac, sans un reproche, descendit dans un couloir et contourna la barre pour retrouver le bâton. Mortifié, je l'attendis. La demi-heure fut longue. Immobile, bousculé par les rafales, j'imaginais ne le voir jamais réapparaître. Soudain, sur l'autre rive, alors que le vent atteignait 80 à l'heure, il remonta à bonnes enjambées, muni du bâton. Des chamois surveillaient ce cirque dans les ressauts du Pas du Diable. Je rejoignis du Lac sous le col.

Quinze ans que nous courions les montagnes ensemble. Nous nous étions connus à son retour du Mali où il avait réalisé la première ascension d'une voie de huitième degré dans les parois de grès de la Main de Fatma. Il m'avait raconté l'histoire d'alpinistes arrivés sur le sommet d'une tour. Persuadés d'être les premiers, ils avaient découvert des débris de poterie : des Africains immémoriaux étaient parvenus à grimper jusque-là ! J'avais aimé ses histoires baroques et jamais fatiguées. Du Lac tenait la vodka, je dormais peu à cette époque ; on avait escaladé des immeubles. On s'était pendus aux balcons. On s'était bien entendus.

Vainqueur de la Coupe du monde d'escalade, champion international, guide de haute montagne, défricheur de voies extrêmes, rien ne le disposait à s'encorder à moi. Mais nous avions en commun d'aimer l'escalade parce qu'elle était la meilleure échappée à l'ennui. On grimpe, on s'enfuit, et peu importe ce qui se passera au retour. Pierre Mazeaud – premier Français à l'Everest – nous avait formulé son programme sociopolitique en forme de conduite de vie : « J'ai rejoint le gaullisme et j'ai mis l'anarchie dans l'escalade. »

Grimper était une liturgie de gestes déliés et de nœuds définitifs. Sur les dalles de granit ou de calcaire, on rendait nos grâces au dieu Pan (pas encore mort). Tout ce qui se dévoile est beau, avait dit Priam sur les remparts de Troie. Tout ce qui est vide est divin, ajoutions-nous. La montagne était notre église. Notre épuisement, le soir, après les escalades, la preuve de notre foi. La sensation d'être vivant, au bord d'un gouffre, ne pouvait-elle pas porter le nom de Dieu ?

L'escalade offre à *l'homme pressé* de gagner du temps. En 300 mètres, il traverse le spectre des sentiments – la joie, la peur, l'espoir, la plénitude. Quel précipité !

On se sentait là où l'on se devait d'être en ces parois où l'on n'avait rien à faire. Partout, je suivais du Lac. Je l'assurais dans les longueurs difficiles, il me hissait quand je ne passais pas. On allait vite et la vitesse décuplait l'intensité des perceptions. Notre plaisir était de nous esquinter sur les faces et de jeter nos sacs de couchage, au soir tombé, dans une grotte afin d'y boire le vin que nous avions hissé. Le feu crépitait, des ombres dansaient, on fumait des cigares, c'étaient des fêtes inoffensives qui dérangeaient les scolopendres. L'acide lactique gonflait les avant-bras. Et du Lac sous les plafonds de roche déployait l'énergie de sa gaieté. De son sac, jaillissaient bouteilles et livres. Il avait l'amitié intarissable et le dos solide. Rien de mieux que ces dégagements paléolithiques après des journées dans les jardins du gaz. Rien de mieux que ces nuits d'étoiles à boucaner des pensées sur les braises. Parfois on lisait de la poésie à haute voix. Qui sait si les strates des grottes n'absorbaient pas nos chants ?

On avait dormi des centaines de nuits dans des niches de quartz ou de calcaire cuirassé de sel. Au Yémen, au-dessus de la mer d'Oman, on avait ouvert une voie de 500 mètres, débusquant des araignées-scorpions à la lampe torche. En Terre de Baffin on avait grimpé jour et nuit dans les rayons d'un soleil qui ne mourait jamais. On avait pris l'orage au sommet des Charmoz, cru se fendre le crâne au pic de Bure, vécu des nuits de princes aux Grandes Jorasses, sur des replats larges comme une table de nuit. Dans le Hoggar, au Mont-Blanc, dans le Verdon, sur les parois d'Espagne et d'Italie, on s'était persuadés que le salut est la fuite. Et nous préparions la cavalcade suivante, une fois oubliés nos serments de ne jamais recommencer. Nous repartions toujours. Le mouvement résout tout.

Derrière le Pas du Diable, le vent ne soufflait plus. On skia 2 kilomètres sur la crème lissée, jusqu'au refuge des Merveilles. En mars, l'endroit n'était pas gardé. On dégagea un passage à la pelle jusqu'à la porte. On se glissa par la tranchée de neige dans la salle laissée à la disposition des visiteurs du soir. Allumer le poêle, faire monter à 10° la température, cuire la soupe : activité passionnante connue sous le nom de survie.

Se coucher au sec après une journée du diable : la merveille.

Le quatrième jour

Du refuge des Merveilles à la Madone de Fenestre par trois cols, 12 kilomètres et 1 000 mètres de montée.

Huit heures à racler un paysage demande des ressources intérieures. On récite des poèmes, on se rappelle quelques visages, on chante. Dans les géographies au rabot (steppes, plateaux arides), je m'étais tiré ainsi de l'ennui.

On pouvait s'occuper aussi à remonter la pente telle une échelle du temps en associant mentalement les altitudes aux dates de l'Histoire. On se composait une chronologie de brocante. La fantaisie des références compensait le manque de rigueur. Si nous partions de 800 mètres, salut à Charlemagne. À 1100 mètres, chevauchaient les chevaliers de la Table ronde. À 1500 on avait abordé le Nouveau Monde, à 1700 Louis XV régnait. Napoléon suivrait à 1800, puis il y aurait l'exil d'Hugo, la Belle Époque, la mort d'Apollinaire, le génocide arménien, l'Aéropostale, la guerre du Kippour, la libération de Palmyre. Après 2018, cela deviendrait de la science-fiction. En outre, un col arriverait fatalement. Il faudrait redescendre : l'histoire des hommes n'est pas une course infinie vers le sommet.

En Histoire comme en montagne, à un moment, tout le monde descend ! Le refuge des Merveilles se tenait à la cote 2 110 mètres. Au-delà de Stanley Kubrick.

Nous franchîmes trois cols vers la Madone de Fenestre, hameau d'altitude peuplé d'un gardien solitaire. La dernière centaine de mètres se raidissait ferme. Quand la pente dépassait 40° d'inclinaison, il fallait fixer des couteaux sous les skis, lames d'aluminium qui cramponnaient la neige. J'avais l'impression de rayer la porcelaine. Du Lac zigzaguait dans les pentes, brisant ses lignes par courtes sections, opérant des demi-tours rapides. Avec les bâtons, il faisait des chorégraphies de sauterelle. Il excellait dans les conversions. « L'enthousiasme du converti », lui gueulais-je. Je suivais à la trace. Les pentes me flanquaient des paniques. Je n'avais jamais le moindre vertige sur les falaises de rochers. Mais les draperies de glace, elles, plissaient les perspectives. L'idée de la glissade est pire que celle de la chute.

On arriva au col. Il fallait déchausser, ranger les couteaux, régler les bâtons, ôter les peaux de phoque, les plier dans les poches pour les maintenir au chaud, fixer les skis en position de descente, calfeutrer les vestes. Ce seraient mes gestes pour les semaines à venir. Puissent-ils devenir des réflexes. Du Lac appelait ces manœuvres « les transitions ». On passait ainsi des conversions aux transitions. Un programme de vie moderne. Ces manipulations demandaient une régie générale. Je m'emmêlais dans moi-même. Brouillon, imprécis, je ralentissais du Lac. Lui, disposait toujours de tout ce qu'il fallait sous la main. L'intendance est un art. J'avais cent jours pour le parfaire.

Au Pas de Colomb, la vallée de la Tinée s'ouvrait. J'étais

arrivé là, trois ans auparavant, clopinant salement. Je tentais alors de me relever d'un accident qui m'avait coûté plus précieux que la vie : le vitalisme! J'avais appelé cette reconquête de moi-même « Les chemins noirs » et marché du Mercantour au Cotentin pendant trois mois, le long des sentiers de ronces. Les forces étaient revenues et, à La Hague, en haut des falaises, au bout du territoire, j'avais balancé mes tristesses dans la mer. Ce jour-là, j'avais crié : « Arrière la mort! »

Cette fois, je partais dans le Blanc. Et je comptais sur la couleur substantifique pour me pourvoir la joie. Le séjour dans les paysages de neige est une saignée de l'âme. On respire le Blanc, on trace dans la lumière. Le monde éclate. On se gorge d'espace. Alors, s'opère l'éclaircie de l'être par le lavement du regard.

En dessous du col, la Madone de Fenestre résumait la présence romane : une chapelle, sa couvée de maisons. Avant de descendre, du Lac me dit : « Demain, on sera là. » Et d'un doigt précis il me pointa un endroit incertain.

Sous la neige, le monde se retire. Restent quelques coups de pinceau chinois. Dans le songe blanc, flottent pics, parois, crêtes et piliers, réduits à leurs lignes d'expression. La neige rehausse ce qu'elle touche, c'est la beauté. Pure, elle révèle ce qui suffit. Magique, elle emplit les vides d'un principe invisible, annule l'imperfection, conserve le saillant. La blancheur pardonne à l'inutile – en le masquant.

J'étais parti m'anéantir par l'effort, dans ces formes abrégées. La traversée blanche serait pour moi le voyage absolu, une flottaison dans une idée de paysage.

Du Lac et moi glisserions ainsi pendant des semaines dans

un non-lieu, au centre du calme. J'aurais aussi bien pu traverser l'océan sur un voilier. J'aurais cuit dans les angoisses bleues. Les jours de pétole m'auraient offert le même sentiment de dématérialisation. Mais il aurait fallu tenir la barre et je n'aimais pas rester assis. Je préférais le solfège du raid à ski : peiner longtemps, glisser un peu, tomber parfois.

Le cinquième jour

De la Madone de Fenestre au Boréon par le Pas des Ladres,
8 kilomètres et 500 mètres de montée.

Un peintre fort inconnu en France, révéré chez les Slaves, Nicolas Roerich, avait fait du blanc son plein style. Sa neige lissait la matrice, simplifiait le monde. Au Tibet, en Russie et en Mongolie il avait laqué des reliefs où de petits personnages – lamas bouddhistes et moines russes – se silhouettaient dans des à-plats unis. Dans les neiges de Sisley en Île-de-France (où elle tombait encore), de Monet en Norvège (où elle tombe toujours) vibraient les chatoiements, les ombres. Les impressionnistes cherchaient la matière de la neige et non sa béance. Le pouvoir d'annulation de la substance ne les intéressait pas. Ils préféraient révéler les particules. Roerich prenait la neige pour un trou noir. Son blanc écrasait la matière. On pouvait mépriser la naïveté de ses compositions. Moi, j'aimais leur rectification. Roerich assouvissait le vieux rêve des désespérés : trouver l'unité des choses, faire descendre la pureté dans le massacre. Blanc total : fin du désordre !

Un peintre suisse du monde d'hier, Cuno Amiet, avait représenté, au début du XXe siècle, un skieur dans un paysage de neige : un point dans une nappe blanche, jaune plus exactement, enfin couleur de chair puisque la neige est la peau du ciel équarrie sur la Terre. Je voulais devenir ce personnage : une présence sans valeur dans un monde sans contours. Le voyage deviendrait un déplacement dépourvu de finalité, suspendu dans le monochrome. Ce serait l'action pure, parfaitement réduite à son seul accomplissement. Il y aurait la sueur, le silence et la trace. Les portes s'ouvriraient. J'entrerais dans le vierge, dilué.

Nous quittâmes la Madone. Dans la montée vers le Pas des Ladres, j'éprouvai pour la première fois le sentiment de dissolution de soi par absorption dans l'espace. Oh certes, l'effort était court : il n'y eut que 500 mètres à gravir. Mais ces instants cotonneux, dans l'absence d'horizon, suffisaient à désagréger la conscience.

J'avançai le visage réverbéré dans la clarté, regard fixé sur les spatules. Les skis battaient la mesure de leur cisaillement. L'allure était juste, le corps reposé, l'angle parfait. Le temps remontait l'espace. Le mouvement hypnotisait l'esprit. Le monde disparaissait dans sa propre blancheur. C'était l'anéantissement. Il faudrait bien que le corps tombât d'épuisement. On aurait atteint le col avant.

Au Pas des Ladres, on reçut la lombarde, vent d'est italien, soudain levé, qui arrache la neige par plaques et enflamme les crêtes d'un incendie blanc. 800 mètres plus bas, la forêt nous protégerait.

Du Lac trouva un couloir où je fis ma première chute. Je me relevai, le nez en sang. J'appelai l'endroit « vallon du bourre-pif ». Je remontai à pied chercher mes skis en essuyant la morve rouge d'un revers de moufle.

Le sixième jour

Du Boréon à Isola 2000 par le col de la Mercière,
14 kilomètres et 900 mètres de montée.

Du Boréon, nous repartîmes dans la forêt. L'air craquait, on respirait du verre. Il fallut quitter la piste et continuer à flanc, par les vaux et par les croupes. Au fond des premiers, l'enchantement des forêts de conte; sur les secondes, la crainte de l'avalanche. La neige alourdissait les pentes, lustrée par les chaleurs, épaisse, prête à céder. Du Lac cherchait les passages les moins exposés. Il allait le premier sans me dire s'il recommandait son âme à qui que ce fût. J'attendais qu'il me fît signe de le rejoindre. Il s'arrêtait sur un replat, levait le bras, je m'engageais. Si la pente devait rompre, je serais emporté dans un froissement. Je le rejoignais au pied du bloc où il s'était positionné et lui demandais : « Tu recommandes ton âme avant de passer? » Il répondait : « Je ne passe pas n'importe où. » Sa trace était une opération d'instinct et de raison. Il analysait le moindre mètre.

On ne déclencha pas de coulée en ce jour où le risque affichait un « 4 » sur une échelle de cinq degrés.

On visa le col de la Mercière, au-dessus des mélèzes jaunes. Des ruines de bunkers flanquaient le replat d'une frange gris sombre. Ces fortifications avaient défendu les frontières de la France pour permettre l'avènement de la civilisation du loisir. De l'autre côté, vers le nord, Isola 2000, station du béton triomphant. En quelques virages on rejoignit les pistes sur les pentes damées par les machines. Avec nos sacs bardés de cordes et de piolets, on ressemblait à deux resquilleurs descendus des Carpates vers le grand parc d'attractions de l'hospice occidental.

Isola datait des années 1970. À l'après-guerre, les Français avaient eu hâte de vivre comme des Américains. Tout le monde avait assez soupé du Vieux Monde. Les années 1960 avaient décrété venu le temps du divertissement. Dans les caves, le jazz. Dans la rue, la Nouvelle Vague. L'église n'attirait plus personne. L'emploi florissait. On oscillait entre les yéyés, le maoïsme et la démocratisation des sports d'hiver. Roland Barthes avait écrit une ode à la matière plastique dans *Mythologies*. Les jupes raccourcissaient, les cheveux poussaient, les digues craquaient. Le béton permettait aux architectes de donner une forme à leurs idées. À Isola, on skia en masse dans les couleurs acidulées des sixties. On vaquait de son appartement au magasin de ski et du magasin de ski au restaurant de raclette par des escaliers mécaniques sans avoir à sortir dans la neige. C'était « épatant ». La fête durerait cinquante ans, avant que la génération suivante ne se dise que, tout de même, les Européens de la reconstruction auraient pu penser aux ours polaires.

À Isola, capitale de la *perfection de la technique*, du Lac trouva une scie sauteuse dans un magasin de ski et ouvrit la coque en plastique de mes chaussures. Demain, mes jambes flotteraient dans des sabots mais je pourrais skier sans douleur.

Le septième jour

D'Isola 2000 au refuge italien de San Bernolfo par le col de Tessina, 12 kilomètres et 900 mètres de montée.

Hier soir, dans une auberge d'Isola, pendant que du Lac s'acharnait sur un caquelon à fondue pour arracher au couteau un lambeau de beaufort, le docteur F..., du centre traumatologique de la station, nous avait abordés. Les yeux traversés d'éclairs, il était agité, volubile, très « savant fou » de Ray Bradbury échoué dans une base de béton après un crash de capsule spatiale. Il venait d'expédier en hélicoptère un skieur au fémur brisé qu'il avait essayé de sauver de l'embolie graisseuse. Je trouvais cette pathologie écœurante. Il m'avait lancé d'une voix aiguë : « Je sais que vous avez eu un accident, j'ai des surprises pour vous. » Il nous avait donné rendez-vous dans le centre de soin.

À huit heures, comme un ressort, il tendit un sac à du Lac : « Il y a ce qu'il vous faut : codéine, opioïdes, buprénorphine, morphine. Si vous êtes blessés, vous mélangez tout, c'est explosif : de-la-bombe-a-to-mique ! » Munis de ces recommandations, nous montâmes vers l'Italie. Ce furent des dômes et des vallons débonnaires. Dans ces ordonnancements, le skieur se faisait parfois ensevelir par l'avalanche (« coffrer » dans le jargon). On mourait alors dans une carte postale. Pour l'heure, on avança, le destin sous les skis.

Par la forêt, nous parvînmes au village de Sant'Anna, débarrassé des hommes pour l'hiver. Quelques bâtiments gris attendaient tristement autour de leur église le retour de l'activité. La neige faisait vibrer le silence. Dans les rues, des traces de renards, de mustélidés et d'un loup blessé qui semait des gouttes de sang. La vie reprendrait aux jours de mai. Le monde aurait mué. Où va le blanc quand la neige a fondu? demandait Shakespeare. Quel était le pouvoir de cette substantivation éphémère de l'eau? Pourquoi cette métamorphose de l'ordre même? La nature aime à se cacher, avait murmuré Héraclite. Donnait-il là une définition de la neige? Pourquoi ce sentiment d'une purification de la structure par le dépôt d'un voile? C'était dans ce mystère que nous avancions. Le Blanc unifiait le monde, désagrégeait le moi, anesthésiait l'angoisse, augmentait l'espace, évanouissait les heures. L'élément s'agrégeait à lui-même et dissolvait toute forme dans l'éclat implacable. L'intussusception désigne en biologie le principe d'élargissement d'un ensemble par absorption de corps extérieurs. Ainsi, le Blanc : sac et matrice. Totalité et grand oubli.

Nous étions deux ombres sur la pente, veillant à ne pas déclencher le moindre frémissement du manteau. L'esprit se fixait à la seule préoccupation d'avancer. Disparaissaient l'ambition et la nostalgie. Nous devenions mouvement. Ces flottaisons n'étaient possibles que dans les travées forestières, faiblement déclives, où le corps n'avait pas à forcer un raidillon. Alors, on se croyait suspendu dans le rêve.

L'orée des mélèzes formait la frontière italienne. Nous

skiâmes à travers bois vers un village abandonné et remontâmes 300 mètres pour toucher au refuge de San Bernolfo, à 1700 mètres d'altitude. Le soleil était haut et je restai deux heures sur la terrasse, hébété, à boire un litre de thé noir en mangeant les salaisons de Bépé, le gardien. La peau rouge, le cou musclé, il incarnait cette race joviale, largement répartie à cette altitude dans le nord des Alpes italiennes, ambassadeur d'un type humain identifiable, hypertendu, jamais frileux, amoureux de la chasse, du lard, du vin, portant en couperose la marque du sang qu'il ponctionnait aux bêtes, nez cassé et bras rompus aux travaux de pente. C'était l'essence de l'alpiniste Riccardo Cassin, vainqueur de la face nord des Grandes Jorasses en 1938. Bépé nous parla des vaches, de la neige, du loup, de sa femme et des chemins. Nous restions statiques, laissant l'action du photon et de la protéine nous revivifier.

Ainsi du raid : balancement entre les efforts et la réparation. Désormais, ce serait toujours la même oscillation. Chaque matin nous nous jetterions dans la gueule froide et aurions le droit de nous rassembler chaque soir dans le refuge, après avoir échappé à la chute et avant de nous jeter à nouveau dans l'inconnu, à l'aube suivante. Ce sport était un jeu. Ce jeu était la vie. Nous étions les dés, on les lancerait chaque matin sur un tapis vert (blanc, pour l'occase).

À la halte, la récompense d'une journée de raid à ski consistait à se baigner dans l'air tiède, assis sur une chaise, un thé dans les mains, un sommet rosi de lumière en toile de fond, sans aucun défi à relever, ni rendez-vous à honorer, ni conversation à tenir.

Mais l'homme est ainsi fait que pour apprécier l'amitié

d'un poêle à bois, il lui faut d'abord skier entre les avalanches. Si seulement le destin m'avait octroyé précocement la faculté de jouir de l'oisiveté, j'aurais éprouvé plus tôt le bonheur de somnoler auprès du feu.

Soudain, à grandes foulées, déboula une haute silhouette. Le skieur déchaussa, s'assit avec nous. Bépé lui apporta une pinte de bière italienne et j'eus l'impression de recevoir à table un héros de Conan Doyle (lunettes d'écaille, cheveux roux et peau d'Anglais qui aurait réussi à voir deux fois le soleil dans l'année, à Brighton). Il s'appelait Philippe Rémoville et portait des taches de rousseur.

— D'où viens-tu ? dit du Lac.

— Nice.

— Parti quand ?

— La semaine dernière. Je traverse les Alpes, seul. J'ai appelé mon voyage « Sur les chemins blancs » en hommage à un type qui a traversé la France à pied et écrit un récit : *Sur les chemins noirs*.

— C'est moi, dis-je.

— C'est drôle, dit du Lac.

— C'est fou, dit Rémoville.

— C'est l'heure, dit Bépé.

On dîna et on proposa à Rémoville de nous suivre le lendemain vers l'Ubaye aussi longtemps qu'il en aurait envie. Nous aurions un compagnon pour tracer avec nous des lignes parallèles. Nous ne savions pas que nous ne nous quitterions plus jusqu'à Trieste. Désormais nous serions trois dans le Blanc.

Le huitième jour

Du refuge italien de San Bernolfo au refuge non gardé de Rabuons par le Pas du Corborant,
7 kilomètres et 1300 mètres de montée.

L'aube était rose vif. Nous montions vers le col du Corborant à près de 3000 mètres. Les skis crépitaient dans le petit matin. Selon les températures, leur chant produit une sifflante, un chuintement, un raclement – un sanglot même, si la neige s'amollit. Ce matin, elle portait fier. Le crissement nous excitait. On grimpa vite.

1300 mètres plus haut, on s'encorda sur l'arête. Assuré par du Lac qui avait passé la corde autour d'un rocher, Rémoville sauta à pieds joints sur la corniche. Nous manifestions notre amitié en laissant notre nouveau compagnon reconnaître lui-même la zone dangereuse. La corniche tint bon, nous rejoignîmes la pente sous la proue de glace sculptée par le vent.

Le col marquait la frontière : nous étions revenus en France. Ainsi allions-nous sinuer chaque jour sur la ligne disputée pendant des siècles. Les habitants d'une vallée peuvent côtoyer leurs voisins sans jamais les rencontrer. Le jour où ils se trouveront face à face sonnera le début des hostilités. Dans tous les massifs du monde le col constitue d'abord une herse, le pic une tour de guet, la crête un rempart. Les villageois se serrent sur leur promontoire, veillant à ce que les étrangers – c'est-à-dire la totalité du genre humain – n'approchent pas.

Certes, l'histoire alpestre ne manqua pas de circulations : des passeurs, des colporteurs de coucous, des chasseurs de chamois, des ramoneurs et des cristalliers remplirent l'office d'aller voir chez le voisin. Parfois une troupe en armes croisait sur les hauteurs. C'étaient des incursions rares. Les montagnards, éduqués par le chaos des reliefs, savent que survivre, c'est se tenir à distance. 1 000 mètres de dénivelé éloignent davantage que 1 000 kilomètres de distance. La mer a été déployée pour la rencontre. La montagne sert à séparer. La mer étend son parvis. La montagne dresse ses défenses. Sur la première, on échange produits et idées depuis que les Grecs ont fait de sa surface le résumé de l'univers. Dans la seconde, comment se rencontrer ? Là-haut, les populations voisinent tout en se considérant étrangères.

La passion récente exprimée par quelques militants des Alpes pour l'accueil des réfugiés de l'Orient en feu trouvait une occasion de réparer les hostilités de voisinage par une ouverture intégrale à ce qui venait de loin. La générosité pour les exilés des confins compensait la haine immémoriale pour le voisin d'alpage.

Du Lac laissa Rémoville skier le premier sur la pente à 40°. Il existe au ski une préséance de la trace, un plaisir de passer le premier. C'est une défloration de l'éphémère, vice inoffensif. J'étais en train de me réjouir d'avoir un compagnon pour enrichir nos heures quand soudain, skiant passionnément, Rémoville s'écrasa dans un trou et brisa son ski droit !

Nous nous quittâmes. Nous convînmes de le retrouver trois jours plus tard, à Larche, s'il réussissait à rejoindre une ville où remplacer sa paire de skis. Il eut le temps avant la nuit de remonter au col à pied et de regagner le refuge italien.

— Il était sympathique, dit du Lac.

— On était heureux tous les trois, dis-je.

— Cela ne dure jamais quand ça se passe bien.

Deux heures plus tard nous poussions la porte de la salle d'hiver du refuge de Rabuons, à 2 523 mètres. Ces pièces étaient laissées à disposition des alpinistes solitaires. Nous veillâmes près du poêle. Au cours des âges paléolithiques, se serrer autour d'un feu avait été la haute préoccupation des hommes. J'avais gardé en moi-même une inscription de cette fascination pour les flammes. Sous la tente des yackiers du Tibet, dans les cabanes de Sibérie ou dans l'hiver mongol, le poêle était l'axe des jours. Dans l'Himalaya, les enfances se déroulaient près de lui. Il était l'autel domestique, totem d'un monde familier et rassurant. Les heures gourdes au refuge s'opposaient aux bagarres de la pente. Sur l'étagère de la salle : une boîte de café crevée, trois bougies et un exemplaire de poche d'*Un amour de Swann.* Ce soir, dans la pièce à 6 °C, sous un mille-feuille de couvertures, je lus à la lampe frontale. La mère du narrateur comprenait que le chagrin de son fils relevait d'une inextinguible douleur. Comprenant que sa mère avait enfin compris, l'enfant s'apercevait qu'elle avait subitement vieilli.

Je n'avais plus de mère, personne ne viendrait ce soir et il faisait grand froid.

Le neuvième jour

Du refuge du Rabuons au refuge non gardé de Vens
par le mont Ténibre et la brèche Borgonio,
14 kilomètres et 900 mètres de montée.

À l'aube, la neige est dure, le ciel clair, le monde cabré. Dans la lumière électrique, le corps monte sans fatigue. Nous partîmes à six heures. L'aube sonne la jeunesse, il sera temps plus tard d'atteindre cinquante ans, c'est-à-dire dix heures du soir.

Le monde s'ouvrait. Je ne regrettais plus de m'être extrait du refuge pour me jeter dans la glacière. Ces projections extra-fœtales hors des refuges chauffés s'apparentaient à un défi psychanalytique. Jean-Paul Sartre, très peu familier de l'alpinisme, incitait à « s'arracher à la moite intimité gastrique pour filer là-bas, par-delà soi, vers ce qui n'est pas soi[1] »... C'était la tension d'Ulysse, partagé entre le désir de rentrer chez maman-Pénélope et l'envie de rester à la baignade avec les nymphes. Nous arrivâmes au sommet du Ténibre à sept heures et demie du matin, loin de « l'intimité

1. *Situations, I.*

gastrique » du refuge dont on apercevait le toit, débris tombé des crêtes.

À nouveau la frontière. De l'autre côté, l'Italie qui accueillit nos virages serrés puis à nouveau la France, dans un vallon de glace. Au fond, un petit lac où il fallut remettre les peaux pour gagner la brèche Borgonio. La neige rêche était devenue onctueuse. Tout à l'heure elle serait lourde. La neige a des subtilités d'épiderme. Elle vit, absorbe les nuances de l'atmosphère, change de texture, chatoie de reflets.

Nous avalâmes les cent derniers mètres de la brèche, skis sur le dos et piolet en main. Puis ce fut la dernière descente de la journée vers le refuge de Vens sur une neige déjà tracée. Les dents du Queyras faisaient un râtelier d'anthracite sous le ciel du nord et la glace dégueulait ses corniches à chaque crénelure.

Trois skieurs nous accueillirent. L'un venait des Pyrénées, l'autre de Corse. La jeune femme était bergère. Ils étaient partis de Vienne au début de janvier et avaient mis deux mois et demi pour arriver jusqu'ici, près du but. Mais, épuisés par les semaines d'efforts, ils achevaient la course.

— Nous sommes montés ce matin à la brèche Borgonio. Il y a trop de neige.

— En une semaine, vous seriez à la mer ! dit du Lac.

— On sait.

— Continuez ! dit du Lac.

— Non, on rentre.

Nous les saluâmes chaleureusement, ils descendirent vers le nord, par la vallée qui les mènerait aux hommes. En allumant le poêle je réfléchissais : « Ils redescendent à la ville. Pourquoi continuons-nous ? Du Lac est-il inconscient ? »

Puis je m'en remis au petit dieu, le poêle à qui je fis mon offrande de bois. Et à nouveau ce furent les heures abandonnées, à murmurer, en regardant les braises, « je ne souffre pas, je ne risque rien, mes jambes se reposent, la nuit est mon sursis ». Mais hélas, j'avais lu *Swann* hier et le petit Marcel m'avait infecté de son incapacité à jouir des choses. Au moment où la mère entrait dans la chambre de Combray, apportant la perspective du bonheur, l'enfant-monstre se torturait à l'idée qu'elle puisse en repartir et s'interdisait par là de jouir de sa présence. Et moi-même cette après-midi-là j'eus peine à me laisser porter par les heures languides sous le prétexte que demain matin, à six heures, il faudrait se jeter à nouveau dans le Blanc !

Le dixième jour

Du refuge de Vens à Larche par le Col de Fer,
12 kilomètres et 500 mètres de montée.

Le premier geste du matin consistait à faire marcher le poêle. C'était absurde. Nous nous préparions à partir tout en allumant le feu qui nous retiendrait. Au bout d'une heure, nous ouvrions la porte.

Au Col de Fer, le vent soufflait.

— Combien ? dis-je à du Lac.

Engoncé dans les capuches, je n'entendis pas sa réponse. Il dut crier quelque chose comme « 80 à l'heure ». Nous plongeâmes par un couloir facile, vers l'Italie. Et à nouveau pour moi cette excitation de passer une frontière. Ces lignes ne se réduisaient pas à de simples abstractions. Elles distinguaient objectivement les mondes, confirmant que leur existence n'était pas pure convention. De part et d'autre, les langues, les habitudes, les conversations et les rapports au ciel, à l'amour et à la mort n'étaient pas les mêmes. En biologie, le mot *séclusion* désignait cette séparation des organes. Chacun, derrière sa membrane, se distingue de l'autre tout en laissant circuler les composés. Les éléments se protègent sans s'isoler. Tous prospèrent sans se dissoudre dans un tout. Avant-hier, dans les pages de Proust, j'avais noté la description d'un marronnier qui « ne bavait pas sur le reste, ne se fondait pas avec lui, restait circonscrit ».

Dans la forêt, il fallut descendre 1 200 mètres entre les sapins. On devait arracher les virages, éviter les troncs, la guillotine des branches, le piège des racines. La vie créait son désordre et le ski s'apparentait à une bataille dans un foutoir d'arbres dont chacun luttait pour sa part de ciel. Là-haut, au-dessus du mikado, régnait le Blanc, patrie du néant inodore, de l'ordre pur et du rêve mort. Un pays de lignes ne menant nulle part. Un rêve nihiliste que nous aspirions à rejoindre au plus vite pour jouir du moment où on le quitterait.

De la route, nous remontâmes à pied vers le col de la Madeleine. Une pente facile nous mena au village de Larche. Le gîte était peuplé de cette sociologie précise des randonneurs à ski : pépés gaillards, grands-mères accortes, jeunes athlètes en tenue de combat. Tout le monde, très joyeux. Dans la vie il suffit d'avoir abattu sa moisson de kilomètres quotidiens pour se sentir en paix. L'humanité semblait avoir compris cet axiome : tout le monde s'était mis à faire du jogging.

Le onzième jour

De Larche au refuge non gardé de Chambeyron
par le col de Mallemort et deux autres cols,
10 kilomètres et 1300 mètres de montée.

Hier soir, Philippe Rémoville nous avait rejoints, muni de nouveaux skis. Nous partions ce matin-là pour l'Ubaye, par le col de Mallemort.

— C'est un nom de conte d'Andersen, dit Rémoville.

— C'est Tolkien, dit du Lac.

— C'est loin, dis-je.

Rémoville était ingénieur. Il menait sa vie comme une mécanique avec femme précise, enfants doués et responsabilités d'adulte qui me flanquaient des complexes. Le ski était son dégagement. Il s'échappait dans le Blanc, usant sur la montagne des principes de son existence : rigueur, calcul, efficacité. Là où du Lac mettait l'instinct, il raisonnait. Il s'arrêtait dans la pente, consultant ses écrans pour vérifier la position, estimer le risque d'avalanche. Du Lac disait : « Je passe là selon que je le sens. » Rémoville : « Moi, parce que je l'ai calculé. » Du Lac reniflait, Rémoville raisonnait, j'assurais le commentaire et suivais le mouvement né des noces de la raison et de l'instinct. Du Lac disposait ainsi d'un compagnon précieux pour les mesures de pente, les prévisions météorologiques, l'orientation générale.

Nous laissâmes les cols de Mallemort, du Vallonnet et de la Coulette, circulant entre les affleurements de calcaire et traversant des combes riches des neiges de l'hiver.

Pour le regard, subsistaient les architectonies du relief, réduites à des tracés. Un ciel de métal couvrait ces esquisses. Et dans ce paysage pour haïkus rien d'autre n'aiguillonnait la pensée qu'une image barattée au fond de nos psychismes engourdis. Tout cela est une manière sophistiquée d'avouer que nous avancions dans l'abrutissement.

Est-ce cela la pensée blanche, sans forme ni motif, sans structure ni conduite, parage où se vaporise la raison ? « Votre esprit est sans pente », disait Claudel à Gide. Et Gide se félicitait de ce jugement. Il le prenait pour un compliment car il rêvait d'une pensée flottante, paludéenne, couvrante, immense, « nébuleuse », écrivait-il dans le *Journal*, enveloppant le monde de son essence, s'éployant sans effets, presque terne, parvenant impalpablement à la simplification ouverte que Nietzsche, lui, appelait « la puissante érosion des contours ». Nous faisions semblant de ressasser ces questions, la tête dans la capuche où s'écrasaient les flocons, pendant que les skis battaient leur métronome dans la grande annulation.

Puis nous atteignîmes la pièce d'hiver du refuge de Chambeyron à 2626 mètres et ce furent, dans l'ordre : le poêle, la soupe et l'écrasement du corps devant les braises. Ces minuscules conquêtes s'augmentaient parce que nous les avions gagnées de haute lutte. Ces délices étaient salvateurs : la porte après le vent, la table après la pente, le poêle après la neige, la soupe après l'effort, la flamme après la blancheur.

Le poste, l'abri, la cabane, la tente deviennent palatiaux pour peu qu'on les ait conquis. Là réside une définition du luxe : dans la cessation de l'effort davantage que dans la sophistication ou l'abondance des jouissances. Le luxe, c'est le comblement.

Je dormis sans cauchemars. Dehors, flottait la montagne, requin blanc, dents dehors.

Le douzième jour

Du refuge de Chambeyron à Maljasset par cinq cols, 17 kilomètres et 1 000 mètres de montée.

Au col de Chambeyron : une croix plantée dans l'affleurement. La croix avait quelques dizaines d'années, le calcaire, 200 millions. Le monde est plus vieux que les récits des hommes. Dans la vallée, des dynamiteurs laïcs, persuadés que l'Histoire a commencé le jour de leur naissance, rêvaient d'arracher les signes ostensibles de la foi. Par bonheur, occupés à la manifestation de leurs indignations, ils ne se fatiguaient pas à monter 1 000 mètres de dénivelé armés d'un pied-de-biche. Les Vierges de plomb et les crucifix de l'arc alpin leur auraient imposé un travail harassant. Tout militant s'en prend d'abord à la statue proche de chez lui. La fureur a ses limites.

En Ubaye, on franchit un chapelet de cinq petits cols. Où la montagne dévoilait sa faiblesse, nous passions. Tours blanches, roches percées, dents de pierre : la neige plâtrait la dentelle calcaire. Puis les nuages arrivèrent. Le vent arrachait des volutes et vaporisait les pentes. La montagne flambait blanc. Le ciel nous enveloppa. Nous enlevions les peaux, glissions, remettions les peaux, grimpions, redescendions. Une fois pris le rythme, l'esprit ne concevait pas que le battement des spatules puisse cesser. Dans la clarté totale, la pensée se moléculisait. L'hypnose tenait de l'expérience bouddhique : mise en veille, suspension. L'inconscience était proche.

Puis nous passâmes sous les nuages, la lumière caressait de nouveau la montagne. Nous glissâmes entre les mélèzes. Revint l'envie de rejoindre la halte du soir, promesse d'un cigarillo. Le paysage se raffinait comme si un peintre japonais s'était invité dans le tableau hollandais. Nous atteignîmes un village fantomatique où un clocher encore provençal veillait sur des bergeries en ruine. À Maljasset, dans une ancienne ferme à niveaux transformée en refuge, nous nous attablâmes avec les skieurs du jour qui racontaient leurs souvenirs (les descentes) et leurs projets (les montées).

Il faisait bon. On changeait de substance. Le chaud après le Blanc ; bientôt l'obscurité.

Le voyage devenait notre poème. La neige tombait. Elle fondrait. Il ferait jour. Nous allions, pleins d'amour pour l'éphémère.

Le treizième jour

De Maljasset au refuge de la Blanche par le col de la Noire, 15 kilomètres et 1 000 mètres de montée.

À sept heures nous glissâmes devant l'église fourrée dans la neige jusqu'aux vantaux. Le Christ et les deux larrons étaient là, demi-nus. Dans la nuit d'Israël, la révélation chrétienne n'avait pas prévu son succès ni sa propagation dans les congères. On s'engouffra dans une allée de lumière, d'ombres bleutées et de pousses neuves gonflées du stupre du printemps. Les cornouillers rouge sang brasillaient par-dessus les mélèzes. Tout reposait, aussi pur qu'une méditation de brahmane. Des traces de bêtes couturaient la neige, témoignant des excitations de la nuit, quand les chasses nocturnes occupaient la montagne.

— Les gars ! Le Blanc, c'est Shiva, l'envers de Vishnou !

— Qu'est-ce qu'il dit ? dit du Lac.

— Il a mal au genou, dit Rémoville.

Les pentes invitaient à monter, lustrées de reflets doux. La beauté relâchait les inquiétudes. On ne voulait pas concevoir de dangers dans ces harmonies. L'avalanche est une vipère. D'un coup, elle mord. « Vous ne savez ni le jour ni l'heure », dit le Christ dans l'Évangile selon Matthieu.

« Si ! Nous le savons », disaient les spécialistes de la nivologie, théoriciens de l'imprévisible. On pouvait analyser la consistance de la neige, prétendaient-ils, déterminer sa texture, prévoir sa rupture. Et je les imaginais, ces spéculateurs de l'invérifiable, emportés par la coulée au moment même où ils se félicitaient de leurs prévisions.

Les skis coupaient la soie. L'auge devint un vallon, puis une gorge. La roche serpentine laissait des traînées vertes sur les falaises oxydées de veines fauves. Nous longions le ruisseau bouché par les congères, glissant d'une rive à l'autre, à pas feutrés, pour ne pas passer au travers des ponts de neige. On était honteux de déranger les splendeurs. Puis la pente s'ouvrit vers le col de la Noire à près de 3 000 mètres. Il y eut une cabane abandonnée à mi-versant où nous nous allongeâmes sur les lauzes tiédies par le soleil et laissâmes le bon gras d'un saucisson nous descendre dans la gorge. Ce fut le col et nous descendîmes vers le refuge, dans la poudre bleue de froid. C'était alors une jouissance d'enfant qui écrase son château de sable : détruire en quelques lacets le bénéfice de la montée patiente.

Dans la salle du refuge il y avait foule et *L'Homme foudroyé* dans la bibliothèque. Avant la soupe, j'eus le temps de lire la théorie de Cendrars sur le travail de l'écrivain. L'artiste devait tourner le dos au paysage, ne pas écrire devant la fenêtre. La contemplation aurait nui à l'ouvrage. « J'ai vu tous les paysages », concluait-il. Quelle chance, Blaise ! Moi, il me les fallait tous. J'étais prêt à peiner jusqu'à l'épuisement pour les traverser. Je voulais que mon visage, qui est le paysage de l'âme, fixe les paysages qui sont l'âme du monde. Ce soir-là, je sus que j'avais trouvé le paysage ultime. Le relief se volatilisait, le ciel n'y était plus séparé de la terre, le corps s'y déséquilibrait, privé de ses repères, le minéral se vaporisait, l'esprit s'y lustrait, les formes s'unifiaient.

Le quatorzième jour

Du refuge de la Blanche à Ristolas,
16 kilomètres et 1 000 mètres de montée.

Les peaux, la pente, les Pâques.

Le Christ était ressuscité mais les alpinistes d'hier n'avaient pas l'air d'en faire grand cas. En outre, il y avait eu de la tarte aux myrtilles.

La neige tombe puis fond. Rien ne tiendra. Tout reviendra.

Nous montâmes 1 000 mètres de dénivelé, je fredonnais à du Lac mon poème :

Il est revenu
Qui ? L'éphémère
La neige tombée
Sur la terre.

Des coulées avaient ruisselé hier après-midi sur les versants du sud, droites et lentes comme des larmes. Nous passâmes trois cols.

Dans la montée, à chaque pas, nous avions l'occasion de parfaire le meilleur geste, le plus simple. Nous cherchions l'angle du ski, l'amplitude de la foulée, l'inclinaison de la trace qui offrirait le moins de résistance à la neige. En cela, le ski était un art martial, tendu vers la maîtrise d'un geste, abolissant la résistance. Un effort conforme au paysage blanc : cherchant l'absence.

Un renard s'enfuit. Ils me complexaient ces animaux, à caracoler là où j'ahanais. Dans le Mercantour, nous avions délogé des chamois. Quand elle croise l'homme, la bête s'empresse de lui tourner le dos. Nulle panique dans ces volte-face. La bête ne disait pas « j'ai peur », elle disait « laissez-moi ».

Nous grimpâmes au dernier col avant le village de Ristolas, dans le Queyras. Dans l'ordre chronologique inverse de la montée, on retrouva les motifs de l'altitude disposés en bandes passantes : des sapins clairsemés dépêchés en ambassadeurs, la forêt aux roches moussues, puis une piste, puis le torrent, un premier pont, un premier chalet et soudain les alpages ouverts, les clôtures fermées et les toits du village pour conclure les retrouvailles.

À cinq heures, assis dans le soleil sur un banc de bois, nous apprîmes la mort du docteur Manu Cauchy, emporté par une avalanche dans les Aiguilles Rouges. À Chamonix, il s'était spécialisé dans les pathologies de l'alpinisme – hypoxie, gelures, œdèmes et polytraumatismes. Ses livres racontaient des sauvetages en pleine paroi. Il avait ramené à la vie des alpinistes qui s'empressaient, une fois guéris, de se remettre dans des situations impossibles d'où ils savaient que le docteur Cauchy viendrait les tirer, pendu au bout du câble de l'hélicoptère du peloton de gendarmerie de haute montagne. Merveille de l'alpinisme français, ce système social. Il permettait de nous octroyer une dose de liberté à nous autres, rebelles intermittents, qui appellerions les secours au moindre incident.

Je racontai à Rémoville ma conversation téléphonique avec Cauchy, deux ans auparavant, en pleine nuit, sur les hauts plateaux du Pamir. Avec des camarades, nous bivouaquions à 4800 mètres d'altitude, loin de toute vallée, en pleine steppe. La grêle tombait et l'un de nos amis souffrait d'un œdème cérébral. D'une voix altérée par la communication satellite, Cauchy nous avait dit quoi faire. Nous avions placé notre ami dans un caisson hyperbare, l'avions veillé et Cauchy avait rappelé pour s'assurer des choses. Et voilà que le « docteur vertical », comme on l'appelait à Chamonix, avait été emporté par une de ces coulées d'où il avait sorti tant de malheureux.

Le quinzième jour

À Ristolas.

Dans l'auberge, je restai allongé toute la journée. Du Lac appela cela « une journée de repos », après quoi il se leva et courut jusqu'au soir dans le village de Ristolas pour trouver de quoi réparer une fixation.

Je pensais à Cauchy sous son linceul.

Le danger venait de « l'accumulation de la neige ». Une couche trop épaisse, alourdie par la fonte, risquait de rompre dans une pente à plus de 30° d'inclination. Mais « 30° d'inclination » dessinant une définition générale de la montagne, on pouvait considérer que l'avalanche menaçait partout. En quoi la prévention des risques ressortissait à l'intuition plutôt qu'au calcul. Si le soleil frappait, le risque augmentait. L'idéal était de skier tôt le matin et d'éviter les conques de relief qui retenaient les neiges. Le manteau idéal s'apparentait à une couche de neige fraîche, transformée par le soleil, refroidie par l'air, tassée par le temps. La finesse, la fraîcheur, le soleil et le temps : ces ingrédients rassemblaient les termes d'une bonne définition de la vie.

Le principe de l'accumulation ne menaçait pas seulement le skieur, il régissait nos existences. Trop d'informations pour l'enfant, trop de possessions pour l'adulte, trop d'années pour le vieillard : nous vivions sous des corniches alourdies. « Rien de trop », savaient les prêtres d'Apollon dans le temple de Delphes. « Trop de tout », répondait notre siècle. Les gestes s'alourdissaient, la pensée s'encombrait, les placards des appartements vomissaient leur trop-plein : ça patinait. Et dans nos vies obèses, effarées de stimuli, nous nous tassions, attendant l'avalanche.

Partir sonnait l'allègement. Muni d'un bagage réduit à quelques kilos, on traçait. Ce délestage offrait de se consacrer à une seule mission par jour : arriver en vie au soir venu. Rien de plus après le rien de trop. C'était vital, suffisant. On s'enfuyait en s'ébrouant.

Le seizième jour

De Ristolas à Montgenèvre par deux cols,
28 kilomètres et 1800 mètres de montée.

Jeune, Flaubert avait intitulé le récit de son voyage à pied au long de la Loire avec son ami Maxime Du Camp *Par les grèves et par les champs.*

— Et si Flaubert était parti en raid ?

— Par les pentes et par les crêtes, dit du Lac.

— Par le vide et par le Blanc, dis-je.

— Par les glaces et par le ciel, dit Rémoville.

Il aurait fallu dire « par la gifle et par le gel ». La tempête ne faiblit pas ce jour-là. Nous skiâmes 30 kilomètres pour rejoindre Montgenèvre dans le jour blanc. Nous traversâmes à niveau les pentes d'une combe de 2 kilomètres. Quatre ans plus tôt, un accident m'avait paralysé les muscles abdominaux et je peinais dans les pentes montant à ma droite. Je versais en aval, peinant à maintenir mon torse droit. Le raid devenait un combat. J'emportais chaque kilomètre avec le sentiment d'un petit triomphe. Cette plongée en soi, conversion de la volonté en kilomètres, était l'une des formes de la descente dans le Blanc. Pour avancer, il fallait fixer un point en soi-même. Le reste s'annulait. Ce point était un mot, l'évocation d'un visage, d'un lieu ou d'une forme. L'esprit s'appuyait contre ce souvenir pour y faire levier et entraîner le corps vers l'avant, comme un voilier dont les forces de poussée convergent en un endroit du mât appelé « point vélique ».

On atteignit la forêt rousse. Les aulnes saignaient par-dessus les talus. La vallée de la Servières filait vers le nord, protégée des rafales, piquetée de fermes de bois, de chapelles baroques, de chalets peints. Les nuages s'ouvrirent quand nous passâmes en revue ces châsses d'un temps béni puisque disparu. C'était une vallée pour peintres russes de l'école des ambulants – Chichkine, Serov ou Savrasov – qui n'avaient jamais craint de strier d'un chemin leurs grands à-plats de neige : les seuls artistes qui donnaient envie de chausser des skis devant les toiles pour entrer dans le tableau.

On monta à nouveau dans la neige devenue bleu nacre sous les nuages filtrants et hachurée par les sapins. À nouveau le ciel s'obscurcit. Du col, de la descente dans la forêt et de l'arrivée à Montgenèvre j'ai le souvenir d'un effort aveugle consistant à tenir debout et à suivre les traces que du Lac ouvrait sans jamais avoir l'air d'hésiter.

Le dix-septième jour

De Montgenèvre à Rochemolles
par le col des Trois Frères et un autre col,
10 kilomètres et 800 mètres de montée.

Du Lac aimait guider. Parfois, il laissait à Rémoville le soin de « faire la trace ». Chercher son passage constitue une noble mission « sous le ciel où rien ne luit ». En permanence, l'homme de tête inspectait la neige, infléchissant la direction selon l'intuition, tâchant d'aller, sans s'interrompre, avec force et lenteur, au plus facile, au plus sûr. Définition de la trace : enlever le plus de dénivelé avec le moins d'effort, éviter les zones fragiles, tenir pour arriver. « Je sens la pente sous mes spatules », disait du Lac. Je suivais le mouvement, confiant dans la double saignée ouverte devant moi. Je m'en remettais à mes amis.

Au col, nous nous retournions. La trace à peine sombre rayait le vallon et devenait le zigzag d'une ligne brisée quand se raidissait la pente. Nous avions laissé un trait dans le Blanc : des écritures dans la montagne. Dans quelques jours tout serait recouvert comme si personne n'était passé. De lui-même, le Blanc se régénérerait.

De Montgenèvre où nous avions cantonné, rissolé dans un bain et dormi dans un lit, nous montâmes vers le col des Trois Frères. Du Lac était à la trace dans le vallon large. Il faisait chaud, la neige collait, on louvoyait à l'ombre des mélèzes. Après le col, on gagna un sous-bois pour remonter au col des Acles. Quelques jours auparavant, je me désolais des plaques de glace rabotées par le vent. L'alpiniste est l'homme en fuite. Il brûle pour le sommet. Aussitôt parvenu il se jette dans la descente. En bas, il rêve de remonter. Il veut la neige dure quand la neige est flasque, il appelle le soleil quand la couche est gelée. Il avance, insatisfait, cherchant plus loin ce qu'il n'obtient jamais. C'est un être inquiet, en quête perpétuelle, un semblable, un frère banal.

Plus tard, à Paris, dans les *Pensées* de Pascal[1] je trouvai ces phrases sur notre misère éternelle. Elles me rappelèrent la journée de Mongenèvre. Après tout, Pascal avait randonné lui aussi sur les Puys de l'Auvergne avec ses appareils de mesure. Pascal, alpiniste !

« Nous voguons sur un milieu vaste, toujours incertains et flottants, poussés d'un bout vers l'autre. Quelque terme où nous pensions nous attacher ; rien ne s'arrête pour nous. (...) Nous brûlons du désir de trouver une assiette ferme, (...) mais tout notre fondement craque et la terre s'ouvre jusqu'aux abîmes. »

Le jansénisme nous l'apprenait : vivre c'est chercher « l'assiette ferme ». Faire la trace, en somme.

Après le col des Acles, du Lac se trompa de vallon et

1. *La place de l'homme dans la nature.*

s'engagea dans un défilé qui se resserra en gorge et devint un goulet. Nous touchions les parois des deux bras. Il fallut éviter les trous d'eau, déchausser pour remonter les talus, longer les ressauts de schiste. Nous cherchions l'issue mais on buta au sommet d'une cascade de glace : c'était un piège dont nous sortîmes grâce à la corde de rappel fixée autour d'un arbre. On peina dans le boyau avant de regagner la forêt en escaladant une rampe.

En bas, le village s'appelait Rochemolles. L'équipe municipale avait décoré les lieux de mannequins de bois sur les trottoirs. Mais à quoi pensaient-ils ces édiles qui prétendaient donner vie aux rues en plantant des fantômes ? Alberto, président de la Compagnie des guides, nous reçut sous les poutres noircies de son chalet. Il parla de sa vie dans les avalanches. Il avait survécu à deux accidents de montagne dont il était sorti marqué d'un léger tremblement. Il avait rencontré Bonatti, Cassin, Messner, gloires de l'alpinisme italien dont il égrainait les noms en servant à Rémoville et du Lac le pinot du Valfredo. Comme les médecins jugeaient que j'avais trop donné à la cause, je ne buvais plus d'alcool et tirais sur des petits cigares Toscano, durs comme du sang de cochon. Puis Alberto raconta l'histoire du village qui ressemblait au requiem des montagnes de l'Europe. Après guerre, les paysans l'avaient quitté pour s'employer dans les vallées et s'exiler sur les chantiers français. Alors, les citadins de Rome, de Milan et de Gênes étaient montés pour remplacer le vieux peuple.

Les touristes occupaient les maisons pendant la saison des sports d'hiver. Le reste du temps, les mannequins montaient la garde. Aujourd'hui, l'armée arrêtait les immigrés clandestins qui passaient par le tunnel. À minuit, Alberto livra une confession dans la fumée : « J'aime les alpinistes, je tenterai toujours de les aider. »

Le dix-huitième jour

De Rochemolles au refuge d'Ambin par le col Sommeiller,
15 kilomètres et 1 500 mètres de montée.

« *Again to the sea* » est un vers de Lord Byron. Je l'avais détourné pour dire chaque matin : « *Again to the Blanc.* » Rémoville était reparti en France à l'aube. Il nous retrouverait plus loin, sur les crêtes. Un jour, on reprendrait le fil.

En une demi-heure, les remontées mécaniques de Savoia nous propulsèrent aux frontières du domaine skiable. « On remet les peaux sur les os ! » dit du Lac. Nous rejoignîmes un col effilé dont le vent avait dénudé les banquettes de schiste et gagnâmes le fond du Valfredo par une descente de 1 000 mètres au milieu de mélèzes sinisants, sur une neige aimablement repassée par la nuit.

Six heures durant, nous remontâmes le val. Les skis caressaient la pente en chuintant joyeusement. L'esprit suivait des lignes : les chemins vagues. Le vallon se fermait par un cirque de crêtes dont nous visions l'échancrure. Les rives boisées se toisaient de part et d'autre de l'auge. Tout était stable.

— La perfection du paysage, dis-je à du Lac.

— C'est beau, ce sera moins long, dit-il.

Ces marches lentes, les yeux hypnotisés par le battement des spatules, faisaient naître des visions.

Apparitions du jour : d'abord, un visage russe aux yeux verts dans une auréole de cheveux bruns, un port avec des sirènes de bateau, un dîner sur une terrasse de Naples, un corps d'ivoire dans des draps rouges. Je relevai la tête. Une troupe de chamois traversait le val pour se rétablir au sommet d'une falaise d'où elle nous surveilla. Je fixai à nouveau les skis. Cette fois c'était la vision d'une montée au Piton de la Fournaise avec une fille-orchidée qui déversait ses poisons sous les trombes de pluie tiède. À nouveau, un regard sur la forêt de mélèzes, pour confirmer que tout était bien à sa place – arbres, bêtes et roches –, réel, présent, en ordre. Puis, la tête baissée, j'énumérais les symboliques : la montagne de la souffrance de Mario Rigoni Stern avec rangs de cadavres italiens sur le bord des routes russes, la montagne de Milarépa où dansaient des dieux verts sur l'océan des nuages, la montagne de Ramuz où coulaient des alcools paysans dans des étables jaunes qui n'avaient jamais existé, la montagne de Rébuffat où des alpinistes très classe trouvaient toujours la bonne prise.

Et la lanterne magique actionnée par l'effort aspirait ainsi des sujets au fond de l'inconscient et les propulsait à la volée. On s'offrait gratos une séance sur l'écran blanc.

À 3100 mètres d'altitude on fit halte, adossés contre la ruine d'une ancienne fortification italienne. Un soleil faiblard tiédissait le ciment.

— Et toi, tu as pensé à quoi ? dit du Lac.

— À rien, dis-je.

Puis, à nouveau deux heures d'arête pour la pointe Sommeiller à 3350 mètres. Là-haut, vue sur la synthèse des Alpes. De ce poste, fuyaient en étoile les dorsales des Alpes du Nord, du Sud, de l'Oisans, du massif du Mont-Blanc.

Vers l'est, sous nos pieds, la plaine de Turin, bouchée d'un nuage mauve. C'était la vallée avec ses miasmes. Soudain, l'envie de ne jamais redescendre dans les galeries de la termitière.

C'était un danger de l'alpinisme : croire que le surplomb physique autorisait à mépriser le monde d'en bas. L'analogie était facile entre l'air de cristal et l'esprit pur, la grande santé et la haute pensée. Cette symbolique de comptoir avait inspiré une littérature d'acier sur les vertus purificatrices de la montagne où se confondaient conquête du sommet et domination morale. En réalité le sommet ne rehausse jamais la valeur de l'être. L'homme ne se refait pas. Quand il atteint les altitudes splendides, il y transporte sa misère. L'histoire de l'exploration fourmille d'épisodes sordides vécus en des lieux enchanteurs : des alpinistes qui en viennent aux mains sous des sommets de cristal, des naufragés qui se persécutent sous les cocotiers. L'homme a beau se propulser dans la beauté, il retombe toujours dans ses penchants. Le décor n'y fait rien !

En outre, une rafale ramène à la réalité le Tartarin qui prend la montagne pour le piédestal de sa majesté : il n'a rien à faire là et doit remettre son cache-nez.

Descendre, donc, était notre destin. La neige aujourd'hui tendait une soie moelleuse et le ski fut sauvage dans les pentes à 40°. Du Lac circula finement entre les barres rocheuses. Il ne sortit pas les cordes du sac.

Le gardien du refuge d'Ambin prenait tout juste ses quartiers de printemps. Il était arrivé deux heures avant nous et déneigeait l'accès à la porte. On l'aida à la corvée. Du Lac pelleta comme un cantonnier. Sur les étagères du refuge, traînait un Larousse dans une édition de 1975. Dans les pages roses rassemblant les maximes gréco-latines, je pêchai : *Abyssus abyssum invocat.* « L'abîme appelle l'abîme. »

— On dirait nos vies, dis-je.

— On dirait le ski, dit du Lac.

Le dix-neuvième jour

Du refuge d'Ambin à Lanslebourg par le col du Mont-Cenis,
15 kilomètres et 600 mètres de montée.
Puis vers Bonneval en automobile.

Nous repartîmes. À six heures et demie du matin, du Lac reprenait naturellement son collier de charge, sans une question. Théorie de Tolstoï : s'acquitter de quatre heures de travaux manuels quotidiens avant la soupe. À la fin de sa vie, le vieux Russe labourait lui-même les parcelles de son domaine d'Iasnaïa Poliana.

— Du Lac ! La trace est-elle ton devoir ?
— Mon plaisir.

On glissa jusqu'au pont du ruisseau d'Ambin puis on s'éleva de 400 mètres dans une forêt raide. Les arbres poussaient sur des enrochements. Il fallait déchausser pour grimper les ressauts. La lombarde, vent de l'est, s'était levée, entêtante, tiède. On débusqua des lagopèdes que les rafales propulsaient. Ils venaient de passer l'hiver dans un trou de neige ménagé par leurs soins où ils avaient maintenu la juste température pour survivre. Le vent est le hasard des oiseaux[1]. Au col du Petit Mont-Cenis, il fut le hasard de nos pensées. Il atteignit 70 à l'heure. On avança pendant deux heures dans l'air compact, sans rien voir à 10 mètres, mus par un seul objectif : un pas, un autre encore. L'idée fixe était la lame. Nous fendions la substance.

La trace s'effaçait dans le vent. J'essayais de ne pas perdre des yeux la silhouette de mon compagnon. Le soleil fit une percée, éclairant des tours de tufs qui nous servirent d'amers. On laissa derrière nous une ruine, une chapelle, un lac, un refuge, un fortin : nos îles. Après le col du Mont-Cenis, on bascula vers la Maurienne et bientôt nous coupâmes les pistes de la station de Lanslevillard.

Alors, sur les pentes balisées, lissées par les dameuses, nous pûmes enfin pulvériser l'air ambiant, tout schuss, vers les auberges de la vallée. Nous étions *Vostok* et *Soyouz*, pauvres capsules soviétiques rouillées, de retour sur la Terre après la nage dans le néant.

C'était une journée substantielle. Elle avait commencé dans l'ouate, elle finissait pleins gaz vers la fondue du soir.

1. Alfred de Musset, *Histoire d'un merle blanc*, Éditions de l'avant-scène.

Le vingtième jour

De Bonneval au refuge des Évettes
par le col de la Fourche et le sommet de l'Albaron,
12 kilomètres et 1 000 mètres de montée.

Il faisait pourtant beau ce matin-là. Nous avions dormi sous le toit d'un chalet de Bonneval. Au-dessus des lauzes, la couche de neige ployait les charpentes. Par-dessus la neige le ciel était bleu. Depuis les années 1990 il n'était pas tombé pareille épaisseur. Au village, des poutres faîtières s'étaient brisées. Le soleil lavait l'air à pleins flots.

— Quelle pâtisserie, dit du Lac.

Nous fûmes contaminés par la joie du matin. Le téléphérique nous amena à la cote 3 000 et nous montâmes vers le sommet de l'Albaron sur la neige pailletée. J'essayais de me souvenir de la Cantate 51 de Bach : l'or des cuivres, la gloire de Dieu, l'enthousiasme des reprises. L'excitation des luthériennes ressemble à l'aube dans les montagnes.

Mais déjà, sans que nous voulions le remarquer (parce que la gaieté nous aspirait), le vent se levait sur les crêtes. Les sommets fumaient, nous continuâmes à monter par un mur de neige fraîche. Très vite, l'air devint blanc et le blanc du ciel se mêla au blanc de la terre et ce fut le blanc total. Le brouillard masquait le vide et je n'eus aucune peur car je ne voyais rien des lignes fuyantes. Ne rien savoir, continuer à monter : notre catéchisme. Le soir, du Lac m'avoua qu'il avait songé à faire demi-tour.

On se trompa de cirque, il fallut tirer à travers des bandes mixtes de glace et de roc pour rejoindre le pied de l'Albaron. Dans les traversées où la pente fuyait à gauche je peinais à me tenir droit. Ce fut une lutte contre mes propres tristesses car me revenait à l'esprit ce que j'avais perdu de force dans la chute d'un toit qui m'avait brisé le dos, fendu le crâne et terni l'âme, quatre ans auparavant. J'avais enfoui l'effroi en moi. Mais les noirceurs affluèrent pendant cette courte traversée de malheur, au-dessus des falaises. Du Blanc, montaient mes ombres. L'étrange pouvoir de cette couleur était de fournir le remède aux angoisses qu'elle avait elle-même fait naître.

Contre l'auto-apitoiement, on peut compter sur la tempête. Dans les rafales, il fallait aller vite, trancher les décisions, enlever et remettre les peaux, ce qui laissait peu de temps pour la métaphysique. Nous finîmes par rejoindre le pied de l'Albaron (ce nom syrien : arabe et aristocratique !). Nous nous encordâmes dans le grésil et nous gagnâmes le sommet par une escalade facile. À 3 640 mètres, la lombarde nous coucha et le vent givrant nous transforma en statues de glace. Je voulus rebrousser chemin, du Lac voulut continuer, on continua. L'amitié, c'est obéir.

Le sommet aplani de l'Albaron dessine dans les nuages de la Maurienne une table de pierre, pareille aux *mesas* des ciels amérindiens. Je l'avais observé d'en face, sur le glacier du

Pissaillas, à la frontière de la Maurienne et de la Tarentaise où j'avais skié souvent. À chaque fois, je me disais : « Un jour, je m'en irai en haut de l'Albaron. » Mais je n'avais jamais prévu que mon rendez-vous ressemblerait à un passage à tabac.

Crampons aux pieds, nous descendîmes sur l'arête, à l'aveugle. En deux heures d'acrobaties, craquants de givre, nous atteignîmes la selle d'où nous pouvions basculer vers le nord. Il ne s'agissait plus de skier, il s'agissait de perdre de l'altitude par 100 à l'heure de vent. À grandes enjambées nous fuyions, indifférents à l'avalanche.

Au sommet de l'échelle des risques, la foudre, rare, tue instantanément. Puis viennent la chute, l'avalanche, l'égarement dans le brouillard (qui peut entraîner les deux risques précédents). Le froid et le vent pointent en dernier, puisqu'on peut toujours s'enfouir dans un trou de neige. Mais une chose est la théorie, une autre la souffrance. On avait beau connaître la hiérarchie de ces dangers et savoir que l'avalanche tenait le haut, on traçait quand même en plein versant, pressés que nous étions de nous protéger du vent.

À 3 000 mètres, les séracs du glacier se révélèrent, offrant un point de repère. À 2 800 mètres, nous nous retrouvâmes sous les nuages. Au loin, le refuge apparut. Bientôt nous retrouverions le feu, vrai dieu des premiers hommes. Ils avaient vu juste ! Quel besoin, une fois le feu maîtrisé, d'inventer des dieux abstraits et des sports inutiles ?

Raid à ski : aller de feu en feu par les couloirs du vent.

Le vingt et unième jour

Du refuge des Évettes au refuge du Carro,
6 kilomètres et 800 mètres de montée.

La veille, au refuge, nous étions tombés sur un guide italien et sur saint Augustin. Au premier nous parlâmes d'aventure et nous arrivâmes à la conclusion que l'aventure est la direction que l'on donne à l'action. Les *Confessions* du second trônaient sur une table. Le format de poche avait été inventé pour que les alpinistes puissent emporter de quoi lire. Dans les refuges, allégeant leurs sacs, ils abandonnaient un ouvrage, en emportaient un autre. Se composaient ainsi des bibliothèques d'altitude hétéroclites provenant des fonds de sacs. Et de hasards d'étagère en découvertes de dortoir, je moissonnais chaque soir des lectures désordonnées. C'étaient des coups de sonde dans la pensée, accomplis chaque jour, à la fin de l'étape. J'allais ainsi dans l'Alpe vers des rendez-vous avec un vers de poésie, une méditation. Skier : butiner dans les livres semés. Poussant la porte du refuge, je savais qu'un mot rehausserait ma soirée. Hier, les *Confessions* mentionnaient les « bouillons de la jeunesse » avant « le port » du mariage et les apaisements de la foi :

cela ressemblait, dans l'ordre spirituel, à la description de nos journées de raid. Le ski-alpinisme n'était rien d'autre. Les « bouillons » du ciel menaient au « port » du refuge.

Du Lac s'orientait à la carte en papier. D'une enfance campagnarde, il avait conservé le goût des cartes. « Je vois le relief en dépliant la feuille. » La montagne était trop belle pour laisser des algorithmes intimer l'ordre de passer ici plutôt que là. Les feuilles, glissées dans des pochettes étanches et fixées à son torse par des systèmes de cordelettes, battaient les flancs de mon ami quand il prenait de la vitesse. Je me moquais de l'albatros empêtré dans ses ailes. J'admirais l'arpenteur qui ne se perdait pas.

Comme tous les matins, nous avions étalé les cartes sur les tables de bois. Moisson de toponymes : au-dessus du refuge des Évettes, le « col de la Disgrâce ». Plus loin un affleurement : « rocher pénible ».

— Ça présage mal !

— On évitera les pièges, dit du Lac.

— On circulera entre les mots.

Nous plongeâmes vers les gorges de la Reculaz et remontâmes aussitôt vers le refuge du Carro par une vallée de peinture à l'huile. Le long du coteau blanc et des nobles versants, les chalets se semaient comme des ostensoirs sur la neige vernie où le soleil lissait des glaçures assez douces. Dans l'air froid, l'œil distinguait les fibres des poutres. Mais le brouillard masqua le tableau. Et il fallut l'instinct de du Lac pour atteindre le refuge. Une des fixations de ses skis sauta, on répara sous la neige. La neige redoubla, on continua. Un précipice s'ouvrit sous les skis, on le contourna. Les pentes alourdies étaient dangereuses. Nous sinuions.

Le brouillard nous maintenait dans un état de confiance. On ne voyait rien des gouffres. C'était préférable. L'homme ne ferme-t-il pas les yeux devant le danger ? Allégorie politique : les princes cultivent la cécité générale pour éviter les paniques ! Le brouillard est un brouillage. Ivan Tourgueniev aux frères Goncourt : « Pour nous autres, le *brouillard slave* a quelque chose de bon... il a le mérite de nous dérober à la logique de nos idées (...) chez moi, l'idée de la mort disparaît[1]. » Après tout, s'épargner les inquiétudes en demeurant derrière des œillères n'avait rien d'absurde. Les romans, la foi, l'amour et les campagnes électorales : nous vivions tous dans les chimères. C'était cela aussi la traversée du Blanc : danser au bord du vertige en prenant soin de ne pas regarder derrière les parapets. Aujourd'hui du Lac et moi nous félicitions de ne rien savoir des gueules entre lesquelles nous slalomions.

Au refuge du Carro, seuls avec le gardien, on célébra la liturgie du soir : regarder les flammes du feu à travers la fumée du thé. La nuit pendant ce temps prenait le relais du brouillard.

1. Cité par les frères Goncourt dans leur *Journal* à la date du 6 mars 1882.

Le vingt-deuxième jour

Du refuge du Carro au refuge du Fond des Fours,
15 kilomètres et 1 200 mètres de montée.
Puis vers Val-d'Isère.

La tempête avait forci. « Attendez une journée », dit le gardien. « Renoncez », disait le vent. « Partons », dit du Lac. Nous errâmes quatre heures sous les barres rocheuses.

Dans les rafales, l'effort réchauffait le corps. Le salut était le mouvement et appelait la fuite. Fouetté par la neige, je suivais du Lac à 10 mètres. Savait-il seulement où il nous menait ? Peu importait : avancer c'était vivre.

Le visage masqué, la tête enfouie dans les laines, on avait tout intérêt à se replier en soi. La pensée descendait dans les dédales, en quête d'un fanal. On attrapait le tableau d'un moment béni – une soirée de mai dans les forêts atlantiques – et on flottait autour de cette flammèche, comme un papillon de nuit cherchant l'angle de vol autour de la lampe.

Était-ce cela la patrie de « l'homme intérieur » de saint Augustin, la « citadelle » de Saint-Exupéry, l'Ithaque mentale, cette île au-dedans de soi-même ? Un feu y brûlait autour duquel l'esprit pouvait converger, se réchauffer, oublier que nous étions perdus sous des pentes à 50°.

Je pensais à la lueur des gazinières de ma grand-mère, faible, inextinguible. Et pendant que le vent arrachait les crénelures des corniches, je cherchais la gazinière. Il y avait un autre secours contre la tempête : se souvenir de la douleur des autres, y comparer la sienne et s'apercevoir qu'elle n'était rien. Je pensais à Pierre Mazeaud coincé pendant une semaine au pilier du Frêney, au calvaire des sergents de Stern dans les neiges soviétiques, et ce feuilletage des archives du malheur procurait son bénéfice : « Ce que je vis là, dans les rafales à 100 à l'heure, avec cette coulée de neige qui vient de partir sous les skis de du Lac, ce sont des pique-niques. »

Nous atteignîmes le col, brèche de l'Ouille, à 3 300 mètres, preuve que la technique de détournement des pensées portait ses fruits : on finissait toujours par arriver. De l'autre côté, le « pays désert », bordure du glacier de Pissaillas, dominait le domaine skiable de Val-d'Isère, fin du premier chapitre de notre remontée de l'Alpe. On n'y voyait toujours pas à plus de 10 mètres mais cette blancheur-là prit une autre substance puisqu'elle constituait notre but.

Le vent soufflait. Les remontées mécaniques étaient fermées. Les télésièges se balançaient sur un câble de givre. Que faisait ce Japonais en bas du glacier, le premier skieur que nous rencontrions depuis des jours ? Il arborait cet air des Japonais d'avoir tout compris mais de ne rien vouloir révéler. Il disparut sans un signe.

Nous descendîmes dans la poudreuse jusqu'à 2 500 mètres et remontâmes vers le col des Fours alors que le soleil à grands coups de vent se taillait un passage dans les nuages. Par les versants du Pélaou Blanc, plissées en draperies hellénistiques, nous glissâmes sur des pentes qui finirent par devenir soyeuses, jusqu'au refuge du Fond des Fours, ultime étape.

À la porte, déchaussant les skis pour la dernière fois de l'année, nous étions heureux. Nous allions retrouver nos amies. Elles nous avaient promis, un mois auparavant, de nous attendre au refuge, à notre arrivée. Il y avait Charlotte, Virginie, Charlène, Anna peut-être : les filles de Val-d'Isère. Nous les connaissions depuis les années où nous venions fêter les Pâques ici, chaque année. Dans la station, nous avions vécu des nuits de slalom et des jours bleus à la poursuite de la vitesse. Et depuis vingt-trois jours nous peinions dans le Blanc, pensant aux filles du refuge du Fond des Fours : elles célébreraient notre dernier pas et le lendemain glisseraient avec nous jusqu'aux auberges. Oui, nous avions rêvé de faire ce geste : ouvrir la porte et découvrir les blonds visages et les pulls rouges. Toutes les quatre souhaiteraient la bienvenue aux valeureux skieurs soviétiques venus de la mer chaude.

Du Lac poussa la porte. « Nous voilà ! »

Il n'y avait personne.

L'alpiniste est ce type qui ne trouvera jamais là-haut ce dont il manque en bas mais sera toujours prêt à y retourner. C'était donc vrai : on pouvait se guérir de l'ennui, oublier toute peine et laver l'amertume en s'enfonçant dans la blancheur. La neige était un acide indolore. Il décapait l'âme. Il faudrait y replonger. L'Alpe était grande encore, on reviendrait.

2019, deuxième année

LE TEMPS

Le vingt-troisième jour, 18 mars

De Val-d'Isère au refuge Mario Bezzi
par le col de la Sassière et un autre col,
15 kilomètres et 1 500 mètres de montée.

La neige intime le silence au monde. Val-d'Isère n'osait bouger. Nous partîmes de l'église. Là où nous nous étions arrêtés un an auparavant.

« C'est cela renouer le fil ? » dit du Lac.

Hélas, le temps avait passé. Les jours étaient tombés et le jeu de massacre avait continué. « *The show must go on* », dit la mort. Ma tante était morte deux jours auparavant. Dans la famille, elle incarnait la vie *cool* : elle avait vécu cinquante ans sous les Tropiques et rapporté de ses nuits d'hibiscus l'art de boire du gin en donnant l'impression que c'était la chose la plus classe du monde. Elle s'habillait de chemisiers légers. Pour nous, qui avions connu les dimanches à la Comédie-Française, c'était la tante des alizés fleuris.

Après deux ans de lutte contre la maladie, elle avait demandé à bénéficier des dispositions de la loi Leonetti qui, depuis 2005, autorisait le corps médical à abréger les souffrances des patients. On les plongeait en état de sédation cérébrale pour amener à l'extinction générale. Privé de son commandement, l'organisme déclarait forfait. Personne ne se leurrait sur la nature de ce procédé. C'était une euthanasie de gens bien élevés, une pichenette différée de quelques jours. Ce système permettait de ménager les religieux et leur passion pour la douleur.

Deux jours auparavant, à l'hôpital Saint-Antoine, le médecin était entré dans la chambre de ma tante pour accomplir les gestes d'expédition *ad patres*. Il nous avait priés de sortir. Elle nous avait regardés de ses yeux pâles et avait dit : « On y va docteur. » Ce mot – son dernier, ou du moins le dernier de ses mots qu'il m'avait été donné d'entendre – me semblait l'une des plus claquantes maximes de l'embarquement.

« Fuir là-bas fuir » était de Mallarmé. « Quand on aime il faut partir » de Cendrars, et à présent il y avait le mot de ma tante.

— C'est bon ? dit du Lac.

— À la grâce du Blanc, dit Rémoville.

— On y va docteur, dis-je.

Pendant 15 kilomètres, je refis les mouvements de l'an dernier, ajustai le matériel, retrouvai les réflexes. Nous montâmes dans la forêt brouillée de vapeur. Tout glissait heureusement : nous reprenions la marche. Les douze mois écoulés – villes sans formes, voyages inutiles, livres bruyants et déjeuners trop gras – s'oubliaient par magie. Le Blanc absout tout. Conversion dans la pente, rémission des péchés.

Le versant menait au col de la Sassière. Les rafales ourlaient les crêtes de fumerolles. Soulevée par le vent, la neige devient un gaz.

Au col, du Lac tenta de couper par un couloir, assuré à la corde autour d'un becquet de roche. Il renonça. Nous contournâmes la barre et descendîmes plus loin, quand la pente s'ouvrait.

Exact plaisir : se préoccuper de savoir où passer. S'orienter est le plus vieux métier de l'homme. Nous remontâmes vers un collet à 3100 mètres. Le refuge Mario Bezzi apparut, confirmant que « l'autre côté » tient toujours ses promesses. La neige, soufflée par les vents de la veille, était fragile. J'avais perdu la sensation de glisser sur ce qui ne tient pas. Heureusement, j'avais cette phrase du *Feu follet* qui me servirait de conjuration : « Que rien ne bouge autour de moi. »

On parvint au refuge, la soupe fut amicale.

Le vingt-quatrième jour

Du refuge Mario Bezzi au refuge non gardé degli Angeli, 16 kilomètres et 1 500 mètres de montée.

Longue descente de l'aube vers le village abandonné de San Leonardo. Des bâtisses attendaient l'effondrement final dans un décor de baptême. Les charpentes sortaient des toits crevés. Les ruines flanquaient une chapelle. Une inscription frappait un mur : « Que tout soit pour le mieux, que la montagne soit bonne, que la vie ne soit pas trop dure. » Avec une prière pareille, nous étions couverts pour des semaines.

Fut un temps où ces vallées vibraient de sonnailles. Le pastoralisme de montagne avait créé des races dures, séparées[1], méfiantes, veillant sur leurs alpages comme sur les réserves de la banque. Sur nos skis, nous ne faisions que jouer la plus banale des gestes paysannes : marcher dans la montagne.

Nous montions vers le Ruitor. On se redressa sur une arête. Elle filait vers le refuge degli Angeli. La neige enfonçait, pulvérulente.

1. Ramuz, *La Séparation des races*, Gallimard, « L'Imaginaire ».

— Ça craint, dit du Lac.

Il rejoignit les roches à nu, plus glissantes à nos semelles mais plus stables que les draperies : on pouvait certes déraper sur un bloc mais les rochers, cimentés par le gel, ne s'ébouleraient pas.

Sur nos skis, on traversait l'impermanent. Rien ne tenant ferme, on était condamnés au mouvement. En s'immobilisant, on risquait de déclencher la coulée. Avancer ou mourir : devise pour jours fragiles.

En cas d'avalanche, les appareils de détection que nous portions sur nos poitrines émettraient leurs signaux. Les amis fouilleraient la neige. Nous serions peut-être sauvés. Un hélicoptère viendrait nous chercher. L'État nous soignerait. Une fois remis, on recommencerait.

Pendant des millénaires, l'homme avait lutté pour trouver un lopin, le cultiver, dresser un autel, sacrifier un bœuf puis construire une ville avec musée et piédestaux à statues. « Que chacun reste à sa place, la cultive et la transmette » avait constitué l'ambition.

Soudain, changement radical. Au XXe siècle, l'humanité mercantile s'était mise en branle, décidant que tout circulerait. La légitimité du mouvement reposait sur sa permanence. La circulation des marchandises créait leur valeur. Dès lors, plus de repos. Dans le bazar global, les hommes étaient des monades, les possessions des produits, l'Histoire une tectonique, les nations des plasmas. Ce mouvement perpétuel était peut-être l'autre nom de la Chute. « *Sic transit gloria mundi* », disaient les Romains. « La gloire du monde, c'est le transit ! » répondit l'époque. Le frère d'Ernst

Jünger, dans *La Perfection de la technique*, avait donné une définition claquante de ce branle-bas : « la mobilisation de l'immobile ».

« Le monde change, accompagnons-le », disait le personnel politique des démocraties marchandes. Esclaves de l'inéluctable, ils avouaient : « Survivons dans l'avalanche puisque nous ne *pouvons rien.* »

Le soleil frappait encore la terrasse du refuge degli Angeli. Nous restions assis sur le cadran solaire de fonte. Le soleil descendit derrière la crête. Le cadran n'eut plus d'usage, l'ombre avait instantanément refroidi le ciel. On regarda une dernière fois le mont Blanc avant de nous enfermer dans l'abri de tôle, sous un tas de six couvertures efficaces contre les -9 °C de la nuit.

Le vingt-cinquième jour

Du refuge degli Angeli à La Thuile par le glacier du Ruitor,
10 kilomètres et 500 mètres de montée.

Nous avions retrouvé le rythme. Nous nous levions, rangions les couvertures. Du Lac lançait le réchaud, Rémoville préparait les skis, lissait les peaux, j'écrivais quelques lignes après avoir dégelé mon stylo sur mon ventre. Mes deux amis relevaient la météo, on buvait le café en récapitulant le nom des cols qui nous attendaient et, une heure après nous être réveillés, nous nous glissions dehors dans l'ordre : du Lac en tête, moi au milieu, Rémoville fermant la marche.

Dans l'azur parfait, du Lac visa le pied de la pyramide du Ruitor. Nous la longeâmes, à 150 mètres sous la pointe, par une pente à 55°. Nous traversâmes, à niveau, sans regarder les crevasses. Piolet à la main, je peinais à tenir l'équilibre sur la fine trace de du Lac. Puis ce furent les grandes courbes sur des versants de satin, vers l'Italie. En bas, l'ombre des forêts et les veinures du chemin de fer. Dans le ciel, le plus fier des corps de garde : Cervin, mont Blanc, Jorasses et Capucin. Un paysage de boîte de chocolats suisses au-dessus d'un décor de train électrique.

Pour atteindre le bourg de La Thuile, du Lac choisit de tirer tout droit dans la forêt. Nous descendîmes des ressauts rocheux en nous accrochant aux arbres, skis aux pieds. Sur la terrasse d'une auberge italienne, un Toscano *vecchio* aux lèvres (les seuls cigares qui ne s'éteignent qu'à la mort du fumeur), nous restâmes au soleil jusqu'à quatre heures de l'après-midi. Du Lac buvait une bouteille de chianti. Rémoville, au téléphone, tenait avec ses collaborateurs parisiens des conversations qui nous intimidaient.

Le Blanc était la couleur du temps retrouvé. Je rassemblai sur une page de mon carnet les motifs héraldiques du blason blanc. L'alliance tenait en quatre mots : substance, patience, tempérance, alternance.

Substance : Nous montons, incorporés au temps. Cet embarquement dans la durée est le contraire de la comptabilité. Il ne s'agit pas de découper les heures, mais de s'y absorber. On grimpe, on peine, on souffle, l'heure passe, les skis battent, le cœur cogne, les heures vous charrient. C'est le flux. Soudain, on est arrivé. Le fleuve vous a déposé au rivage.

Patience : L'acceptation constitue la clef. La patience triomphe de l'immensité davantage que la force. Penser à la migration des bisons dans la prairie : lente, lourde, infatigable. Au bout, le but.

Tempérance : Pourquoi jouissons-nous des heures dans les refuges ? Parce que les refuges proposent une paix modeste où les objets pourvoient à l'homme leur fonction suffisante. Chaque chose remplit son seul usage. Le poêle chauffe, la table est large, la fenêtre ouverte sur la montagne. La conversation naît de la chaleur. La soupe fume, les bûches craquent. L'innovation n'a pas sa place dans ce monde amical. La technique procure ce qu'il faut. La technologie procure ce dont on ignore avoir besoin. Là-haut, le vœu d'Hölderlin s'accomplit. On pourra habiter en poète. En liberté puisqu'en sécurité.

Alternance : Sans cesse, le passage de la ligne. De la montée à la descente, de la peine à la glisse. De la face nord à la face sud, autant dire de l'ombre à la lumière. De l'effort au refuge, c'est-à-dire du jour à la nuit. Et même dans la représentation que nous nous faisons du voyage nous alternons entre la trace stratégique et la trace tactique. La première, en plan large, consistant à déterminer si on visera Vienne ou Trieste. La seconde, en plan serré, à décider si on aborde ce couloir au piolet ou si on le contourne. La grande ou la petite échelle. La même dialectique régit les choix de la vie : le destin ou le chemin ? L'arrêt ou le mouvement ? L'amour sage ou l'amour d'un soir ? On oscille. On traverse les Alpes mais, pour l'instant, seul nous importe de triompher de ce vallon.

Le vingt-sixième jour

De La Thuile à la cabane d'hiver de Gonella
par le glacier du Miage,
10 kilomètres et 1 200 mètres de montée.

Par les téléphériques de Courmayeur, nous atteignîmes les hors-pistes. Les forêts de mélèzes menaient à la cabane du Combal. Au fond d'une retenue marécageuse (bouleaux, aulnes, ajoncs gelés), nous collâmes les peaux de phoque. Nous traversâmes la moraine et remontâmes le lent glacier du Miage, délogeant des chamois increvables. Nous atteignîmes à quinze heures le refuge Gonella encordés sur la glace. Jusqu'au soir, allongés sur la plate-forme d'hélicoptère du refuge, du Lac prépara du thé sans discontinuer et la bonne chaleur nous brûlait le gosier pendant que le soleil se couchait derrière les Aiguilles Rouges. Alors, repoussés par l'ombre, on gagna la cabane de bois ouverte à tous les vents : on déblaya les châlits couverts de neige, on racla le givre sur les matelas et on passa la nuit dans des couvertures croustillantes qui se ramollirent au fur et à mesure que la chaleur de nos corps faisait fondre la glace.

Le vingt-septième jour

De la cabane de Gonella au refuge non gardé des Grands Mulets par le dôme du Goûter (4300 mètres),
1300 mètres de montée.

Du Lac sonna le réveil à trois heures du matin :

— Il fait 1 °C les gars.

— C'est très positif, dit Rémoville.

— De quoi se plaint-on ? dis-je.

On sortit de l'abri à la lampe frontale. Le mont Blanc était là, dans la nuit, invisible, au-dessus de nos têtes. On partait vers un rendez-vous d'amour. On monta sur le glacier, pendant trois heures, heureux de repousser le froid par l'effort, la nuit par la lampe, l'inquiétude par la confiance en du Lac. Parfois Rémoville le relayait pour faire la trace. J'avançais les yeux rivés sur la double ligne que le faisceau révélait et que la nuit avalait, 10 mètres plus loin. On répétait le même pas, sans conscience de durée. Le frottement des peaux battait le silence. Je marmonnais deux vers de Baudelaire. Ils m'aidaient à oublier que nous étions perdus sur un parvis : « Horloge dieu sinistre, effrayant, impassible

/ Dont le doigt nous menace et nous dit souviens-toi. » L'alexandrin classique est la meilleure scansion de l'effort mécanique. L'obscurité rendait la marche moins pénible : nos yeux ne voyaient rien de l'absurde immensité que nous prétendions franchir.

Le jour parut. Ce fut d'abord une ligne jaune qui s'élargit, fit levier sur le ciel, l'ouvrit comme une coquille. La lumière grise devint blanche puis bleue. Nos esprits s'excitaient. Le matin naissant ouvrait ses fleurs dans l'organisme. Les photons abreuvaient nos cellules.

Le vent nous replia au fond de nos capuches. Il était huit heures, nous atteignîmes l'arête à 4 000 mètres. À l'horizon le Vercors, le Jura, les Fiz, autre monde. L'arête devint une crête de glace, dure comme le verre. Nos crampons trop légers s'ajustaient mal sur les chaussures de ski et mordaient à peine dans les boucliers bleus. Rémoville chuta et la broche à glace plantée par du Lac le retint juste avant un bond de plusieurs centaines de mètres. Du Lac, ce forçat, mit deux heures à nous faire franchir les 50 mètres du mur de glace, taillant des marches au piolet et se maudissant de ne pas nous avoir équipés de crampons d'acier. Pour finir, on grimpa en se hissant aux cordes. Le vent forcit comme on rechaussait les skis. Après le piton des Italiens, l'arête devint de glace bleue. Mon couteau d'aluminium se brisa et je chutai dans une pente de glace. Mes camarades enrayèrent la glissade et s'arc-boutèrent quinze minutes à leurs piolets, en équilibre, retenant la corde. Je rampai jusqu'à la broche plantée par du Lac et, couché sur le flanc, suspendu à un brin, je fixai un couteau de secours. Nous atteignîmes le sommet du dôme du Goûter. Rémoville et moi entendîmes avec soulagement du Lac décréter, à 4300 mètres, la plongée dans la face nord, vers le refuge des Grands Mulets.

On skia vite sous les séracs du glacier. Des plaies de turquoise s'ouvraient dans un chaos de porcelaine. On avançait sous des cités de miettes, prêtes à verser. Le ski était une roulette : on misait tout sur le Blanc.

Aux Grands Mulets, jour de chance. Le gardien, Ludovic, venait de se faire livrer un nouveau poêle à bois par hélicoptère et terminait de le riveter au plancher. « Vous serez les premiers à vous y chauffer ! » Depuis quelques années, il rassemblait des livres de montagne dans la salle commune. « Un jour j'accueillerai des écrivains en résidence ici : ce serait la villa Médicis des nuages ! » Ludovic enfourna la première bûche. Le poêle tirait bien. « Il y a 500 livres ici, de Pétrarque à Messner ! Vous en avez pour deux ans ! Je reviendrai vous livrer le bois. » L'hélicoptère vint chercher notre hôte à cinq heures du soir et nous restâmes seuls à garder le ciel, sur la plate-forme, fumant les Montecristo que nous transportions depuis l'Italie dans leurs tubes en aluminium. On partagea un quart de tome savoyarde avec des choucas. Les attributions étaient inégales. « Les plus hardis sont les mieux servis », dit Rémoville. Il ajouta : « Les plus intelligents peut-être. »

La lumière du soir enflammait les Aiguilles Rouges. Le Peigne et Blaitière s'obscurcissaient dans le ciel de l'est, déjà bleu nuit. Des cirrus croisaient très haut, encore rouge sang. La lecture attendrait.

Le vingt-huitième jour

Du refuge des Grands Mulets à l'entrée du tunnel de Chamonix, puis de l'aiguille du Midi au refuge d'hiver non gardé du Couvercle, 700 mètres de montée.

À distance, nous skiâmes très vite vers Chamonix. Si l'un de nous tombait dans une crevasse, les deux autres se porteraient à son secours. Mais si c'était du Lac ? Saurions-nous le secourir ? Rémoville et moi nous en persuadions. C'était faux.

Si nous avions eu pleine connaissance des crevasses sur lesquelles nous passions à l'aveugle, nous n'aurions jamais osé nous aventurer. Leçon pour la vie : ne pas tout savoir. La transparence est cet état qui, donnant à tout connaître, donne à tout redouter. La neige masquait l'ensemble et permettait de glisser dans l'inconscience, c'est-à-dire le bonheur. En ville, même principe. Si l'on se trouvait informé de la vie intime de nos proches, on n'accepterait plus le moindre contact.

On fila à travers des ruines blanches. Les époques classiques trouvaient ces formes hideuses. Jusqu'au XVIIIe siècle, les artistes les avaient vues de loin. Les romantiques s'approchèrent. Ils révisèrent les canons esthétiques et commencèrent à apprécier les chaos. J'aimais ces labyrinthes. J'y voyais ce qui nous attendait. La chute, la miette, la fonte.

On descendit un couloir verrouillé par une étroiture. On fut dans la forêt. À Chamonix, nous nous équipâmes de couteaux et de nouveaux crampons. Pendant deux heures, nous refîmes nos sacs dans les bureaux des éditions Guérin, transformant la belle librairie de Lorraine Afanassieff en débarras de forains.

« Pourquoi ne restez-vous pas une journée ? » demanda-t-elle.

S'il y en avait une, à Chamonix, qui savait, c'était bien Lorraine. Elle avait côtoyé assez d'alpinistes pour savoir que la montagne rend stupide et que les alpinistes sont prêts à tout détruire – l'amour, la famille et eux-mêmes – pour repartir dans la matrice. La société des alpinistes (on en croisait beaucoup dans ce bureau tendu de rouge) offrait en général des individus aux biographies admirables, au verbe haut et parfaitement malheureux.

Lorraine nous aida à nous remettre en marche. À midi, nous étions au sommet du téléphérique de l'aiguille du Midi, avec une ambition de gnous en migration : continuer. Notre puanteur incommodait les visiteuses : Saoudiennes coûteusement vêtues, vacancières indo-gangétiques portant leur tikka sur leur front et Shanghaïennes en doudoune, fort impressionnées par le balancement de la cabine. La benne de Chamonix convoyait à 3800 mètres les bénéficiaires de la mondialisation heureuse. L'*upper-class* globale tutoyait les sommets. On s'engagea sur l'arête qui menait aux pentes de la vallée blanche. Nous descendîmes vers le refuge du Requin. Les aiguilles rougeoyaient, le ciel était de métal. L'azur, l'ivoire, la protogyne en feu : l'héraldique de Chamonix tendue dans le ciel. Un jour de fête.

On remonta vers le refuge du Couvercle par un vallon. Pendant deux heures dans la neige flasque, je me souvenais du récit de la traversée de l'Antarctique de Reinhold Messner. Dans les températures d'enfer, l'alpiniste italien récitait Dante et se représentait les femmes qu'il avait aimées. Il avait raison : le mieux, pour repousser le froid, est le souvenir d'un corps chaud. Je soupçonnais mes camarades d'en faire autant. La montagne, toute en courbes, déclenche les visions : seins, fesses, lèvres gonflées. Le paysage est une femme depuis Baudelaire : « J'eusse aimé vivre auprès d'une jeune géante... Parcourir à loisir ses magnifiques formes... Dormir nonchalamment à l'ombre de ses seins. » Et nous voilà, pauvres asticots, à ramper sur de beaux flancs en rêvant à des caresses de marbre.

Le refuge d'hiver du Couvercle est une hutte de tôles, enchâssée sous un bloc incliné. Ce soir, c'était la surpopulation. Nous entrâmes dans la buée. Aucune vision érotique ne survit au spectacle de trente skieurs entassés dans une cabine prévue pour douze.

Le vingt-neuvième jour

Du refuge du Couvercle au refuge non gardé Dalmazzi par le col de Talèfre, 1100 mètres de montée.

Au sommet du couloir de Talèfre, dans l'aube bleue, du Lac taillait des marches avec son piolet pour nous aider, Rémoville et moi, à venir à bout des derniers mètres de glace, à 55°. Nous avions quitté le Couvercle à six heures et arrivâmes à la brèche qui marque la frontière de l'Italie au moment où le soleil touchait l'arête. En dessous de nous, mauve encore, le val Ferret.

— Les gars, dit du Lac, une barre rocheuse de 200 mètres nous sépare du glacier italien. On peut la contourner par les pentes de l'est. Le mieux serait de descendre en rappel. Qu'en pensez-vous ?

Quand du Lac demandait notre avis, c'est qu'il avait pris sa décision. On sortit les deux brins de corde de 60 mètres. Rémoville n'était pas familier des exercices de rappel mais son flegme en faisait un compagnon idéal pour les acrobaties. Vertu suprême : son mutisme. Du Lac fixa les cordes à des écailles de rochers enchâssées dans la glace.

— Ça tiendra ? dis-je.
— Bien sûr, dit du Lac.
— Les sciences exactes, dit Rémoville.

Du Lac se balança dans le vide, les skis accrochés au sac. Il disparut sous un renflement de rocher et nous restâmes vingt minutes, Rémoville et moi, silencieusement accrochés au becquet de granit à attendre que notre compagnon se signale. 200 mètres plus bas, le glacier miroitait, commençant à vibrer dans les rayons du matin. Il semblait une plaine absolument inaccessible. Le cri de du Lac nous libéra : il avait trouvé un ancrage. On pouvait le rejoindre. Et la manœuvre se répéta ainsi quatre fois, de plus en plus maîtrisée mais de plus en plus inquiétante car nous abordions des sections surplombantes et nous retrouvions parfois suspendus dans l'air. Pendant la descente, sous les à-coups, les lames de rochers autour desquelles la corde était passée ployaient. Je voyais le moment où elles se déchausseraient ou se briseraient d'un coup sec, nous propulsant tous les trois. Lorsque nous posâmes le pied sur le glacier après un dernier rappel de 60 mètres par-dessus la lèvre béante, je me souviens de mon sentiment de gratitude. La montagne nous avait laissés vivre. Sur le glacier, il me semblait toucher la terre ferme après une tempête. Se trouver à 3 200 mètres sur le bord d'une crevasse me paraissait même une position confortable comparé à ce que nous venions de vivre.

Seuls dans le refuge italien de Dalmazzi, nous passâmes l'après-midi à boire du thé. La chaleur se diffusait dans le corps. On se souvenait de la barre rocheuse, on savait qu'il faudrait repartir le lendemain, que rien ne pressait, que les heures s'écoulaient, elles-mêmes tiédies, et qu'elles iraient mourir doucement dans la nuit. C'était dans de telles après-midi sur les pentes du temps que les hommes avaient inventé les contes, les devinettes, les nœuds de marin, les tours de magie et les jeux de cartes. Pour l'heure, nous étions encore trop impressionnés par ce que nous venions de vivre pour taper une belote.

Le trentième jour

Du refuge de Dalmazzi à La Fouly
par le col du Petit Ferret, 800 mètres de montée.

Dans les années 1860, Alfred Mummery collectionnait les premières ascensions de sommets des Alpes et voyait dans l'alpinisme « *la fantaisie et la gaieté d'un magnifique sport*[1] ».

Nos journées se conformaient à sa définition : partir insoucieux, passer où l'on pouvait, ne rien savoir des dangers, ne rien posséder, monter aux aguets, descendre en légèreté. « Fantaisie et gaieté » : programme d'une vie.

Le foehn montait du val Ferret. Les rafales voilaient les versants. Étrangement, dans cette tourmente, le corps ne souffrait pas : il faisait doux en ces tourbillons.

Ce matin, du Lac, très primesautier (il avait lu Mummery), voulut forcer le passage dans les barres rocheuses. Il fallait se lancer dans des rappels. Le souvenir des exercices d'hier nous en dissuadait. Nous débattîmes, au bord du vide, dans les rouleaux de neige. Pour une fois Rémoville et moi l'emportâmes. On chercherait une solution alternative, plus

1. *Mes escalades dans les Alpes et le Caucase*, 1903.

longue peut-être, exposée sans doute aux séracs, mais on s'épargnerait les acrobaties dans des falaises vives. Nous remontâmes sur le plateau couronné par un amoncellement de glace turquoise et du Lac trouva une issue par des couloirs à 50°. Nous skiâmes raide sur les pentes échevelées, dans le vent tiède, jusqu'à retrouver le jardin des 2 000 mètres avec ses traces de martres étoilées entre les arbrisseaux, puis on rechaussa les peaux pour reprendre la corvée de Sisyphe vers le col du Petit Ferret. Nous descendîmes enfin vers le val. Les totems de la vie des hommes montèrent à notre rencontre : clôtures, poteaux, cabanes, pistes, et bientôt les premiers chalets jusqu'à l'auberge de La Fouly où je laissai mes camarades.

Je fis un aller-retour de vingt-quatre heures à Paris pour m'incliner sur la dépouille de ma tante. Un prélat libanais prononça des prières à Saint-Julien-le-Pauvre, au sud de Notre-Dame de Paris, dans la somptueuse liturgie des catholiques gréco-melkites. Pendant douze heures, je fus baigné d'encens oriental et des évocations de ma tante des bouts du monde – si loin du Blanc et des mélèzes lisses. Sa vie en Polynésie, en Californie, à Singapour et ses souffrances en Provence ressemblaient à la poésie de Louis Brauquier :

Emporte-le contre ta peau
Emporte-le jusqu'à Marseille
Le souvenir moite des îles

Sa géographie des Tropiques et du Ventoux assemblait de fiers motifs : les îles semées par le vent, les fleurs devant la mer, les quais aux embarquements et les maisons ouvertes. C'était, de Tahiti au Comtat Venaissin, un balancement entre les atolls et les Dentelles, les cyclones et les cigales, le coprah et la vigne : une oscillation de l'exil. Dans l'héraldique des éléments se tiennent le souvenir que les vivants gardent des morts et le salut que les seconds adressent aux premiers. Un jour on croise l'effluve d'une fleur, on perçoit un chatoiement sur l'eau, on est caressé par le vent. Alors une voix vous frappe : « Souviens-toi de moi qui ai tant aimé la douceur de la nuit au bord des mers molles. »

Je rejoignis mes amis à La Fouly le lendemain soir. Mon chagrin se consolerait dans l'épuisement des courses blanches.

Le trente et unième jour

De La Fouly à l'hospice des chanoines
du col du Grand-Saint-Bernard, 1 200 mètres de montée.

Nous montions dans la forêt. Passaient des chapelles et des calvaires dans la neige, où venaient se signer les pèlerins. L'air sentait la résine et le métal jaune, on se déplaçait vite. Des renards avaient circulé pendant la nuit. La cartographie de leurs inspections révélait qu'ils avaient fureté au pied de chaque arbre. Nous quittâmes la dernière ligne des mélèzes et, en quelques heures, par des pentes cirées de lumière, on rejoignit un lac bouché de neige puis le col du Grand-Saint-Bernard à 2 470 mètres. Il faisait doux. Au pied de la croix de 1812, on fuma un havane *Robusto*. Des choucas venus mendier leur déjeuner attendaient patiemment. Nous n'avions que des chutes de tabac cubain à leur offrir. La tête tournait à cause des bouffées bleues.

— Tu es triste Tesson ?

— Ma tante, dis-je.

— Elle était des îles, dit Rémoville.

— La neige, la croix, ces oiseaux noirs. Rien ne l'évoque ici, dis-je.

Au Saint-Bernard, en 1799, le général Bonaparte, après avoir vaincu les Autrichiens à Marengo, passa le col « à la tête de cette jeune armée, etc.[1] ». Il vit les mêmes cimes, les mêmes oiseaux, les mêmes rochers. Il allait vers la gloire, donc la chute. Il n'était que mouvement. Il traversa la géographie. Il bâtit un empire. L'empire s'écroula. Il vainquit des princes. Les princes survécurent. Il battit les routes. Les routes restèrent. L'Histoire est ce qui passe au milieu de ce qui demeure.

Entre-temps, en contrebas du col, un hospice avait été édifié, gardé par les chanoines du Grand-Saint-Bernard dont la vocation était d'accueillir les voyageurs. Une hostellerie massive absorbait le flux. Quarante-deux hospitaliers attendaient le chaland, c'est-à-dire la bande passante, c'est-à-dire leur prochain à qui rien n'était demandé et tout proposé – repas, prière, amitié. Le visiteur incarnait la figure du fils à secourir. On laissait la porte ouverte : définition de l'amour.

L'hostellerie était vaste, puissante, claire, austère – épithètes suisses. Le chanoine Raphaël nous servit la soupe et écouta gentiment nos récits. Cet ecclésiastique avait choisi Dieu, étudié la théologie. Et il était là, ce soir, dans un réfectoire blafard, à avaler les banalités de skieurs de fortune.

Pourquoi s'infligeait-il ce pensum ? Était-ce cela, « l'imitation de Jésus-Christ » ? Était-ce une définition de l'orgueil

1. « Le 15 mai 1796 le général Bonaparte fit son entrée dans Milan à la tête de cette jeune armée qui venait de passer le pont de Lodi et d'apprendre au monde qu'après tant de siècles César et Alexandre avaient un successeur », Stendhal, incipit de *La Chartreuse de Parme*.

que de s'astreindre ainsi à préparer le potage quand on avait le niveau de commenter saint Bernard ? J'appelais « syndrome Pessoa » cette rage à se faire humble. Le poète portugais avait mené une carrière de rond-de-cuir. Dans la médiocrité du bureau, il créait une œuvre majeure. Il se consolait des humiliations de l'existence par la certitude de son génie. Peut-être goûtait-il le mépris de ses chefs ? La nullité de ses pairs confirmait sa propre supériorité. Il était le seul à en détenir le secret.

Y avait-il du Pessoa chez le père Raphaël ? C'était une question stupide. En la posant, j'omettais une donnée cruciale. Le chanoine était peut-être *sincèrement* bon.

— Encore de la soupe ? dit-il.

Le trente-deuxième jour

De l'hospice au refuge de Valsorey
par la Croix de Tsousse (2829 mètres),
15 kilomètres et 1600 mètres de montée.

Ils demeuraient et nous passions. Nous fîmes nos adieux aux chanoines. Puisse le Ciel leur prouver qu'ils avaient eu raison de le croire peuplé. Ils espéraient sans preuve, attendaient ce dont ils n'étaient pas sûrs : c'était là leur noblesse. Nous autres avions besoin de choses réelles. Il nous fallait la montagne devant les yeux, la pente sous nos jambes. Rien ne garantissait que la neige tienne : une avalanche pouvait partir. C'était notre seul commerce avec l'incertain.

Nous nous glissâmes dans le petit matin. Franchie la porte, les premières secondes étaient un bain vital. L'organisme se trempait dans l'air glacé, se réveillait des mollesses. Le froid accélérait le cœur. C'était le miracle de chaque aube, la bénédiction de chaque départ. Je préférerai toujours le début des choses à leur fin, le premier baiser au premier enfant, le départ à l'arrivée, l'aube au crépuscule et la pureté de l'aurore aux sales petits rendez-vous du soir. J'avais toujours voyagé vers l'Orient, berceau du soleil.

L'air craquait, la neige portait, on se croyait invincibles. Nous savions que le jour allait venir et cette certitude enivrait. Nous cheminions vers la clarté, et la beauté abstraite de cette promesse décuplait les forces encore endormies. Hélas, on s'alourdirait vite, avec les heures. Une journée, comme la vie, mène à la nuit.

Par les vallons vierges, Rémoville soignait son ski et nous donnait ses conseils pour les beaux virages. Derrière lui, il laissait un serpentin. Du Lac skiait un peu plus mécaniquement mais sa trace était encore assez pure pour ne pas déparer à côté des sinusoïdes de Rémoville. Moi, je veillais à ne pas tomber et laissais sur la page des lignes brisées.

Sous Valsorey, en plein versant, le vent faisait circuler les miettes de lumière tombées des nuages. Des à-plats d'ivoire s'intercalaient entre les ombres. Soudain une marbrure claire glissait vite dans la pente pour pénétrer une zone obscurcie par un gros cumulus. Malevitch avait peint un tableau politique représentant un triangle rouge dans un rond blanc : « les Rouges enfoncent les Blancs ». Le vent ajustait de façon similaire les pièces de la marqueterie suprématiste. Et cette chorégraphie, toujours mobile, créait une circulation qui donnait l'illusion d'une montagne magique.

Pendant que le vent faisait jouer les troupeaux du soleil, nous filions notre trace. La journée s'écoulait, immuable, monotone d'apparence, régulière et puissante, entraînée par les heures. Quand la pente s'étirait, il suffisait de se rappeler que le monde est constitué de données spatiales finies et que la constance triomphera de la distance.

On ajoute un pas après l'autre et soudain, on est au refuge. Alors, derrière la porte, après les longues avancées, commencent les nages intérieures, tout aussi lentes, tout aussi pleines – mais immobiles. Les forces dilapidées dans le mouvement se reconstituent.

Le trente-troisième jour

Du refuge Valsorey au refuge Nacamuli
par l'épaule de Biagio Musso et le col de l'Évêque,
25 kilomètres et 2 000 mètres de montée.

Du Lac sonna le branle-bas à cinq heures du matin. Il fallait enlever 2 000 mètres de dénivelé et 25 kilomètres pour gagner le refuge Nacamuli.

Nous partîmes en crampons sur des pentes raides, nous chaussâmes sur un col effilé, traversâmes une combe vers des croupes de séracs. Nous remontâmes un goulet pour prendre pied sur un glacier jusqu'à sa source 1 300 mètres plus haut, quatre heures plus tard.

À nouveau, à l'esprit, la même équation : ni l'énergie, ni la force, ni la santé (ni « le matos ») ne constituent les armes du skieur au long cours. Seules les heures viennent à bout de l'espace. La simple acceptation qu'elles filent, la pure indifférence à leur passage, la pleine certitude de leur usage : voilà qui triomphe du relief. « Ne pourrait-il pas y avoir une science qui serait au Temps ce que la géométrie est à l'Espace ? » demandait Maeterlinck. Le mouvement était cette science : une mesure.

Un alexandrin des *Châtiments* décrivait l'arpentage : « Après la plaine blanche, une autre plaine blanche ». Il suffisait de se répéter le vers d'Hugo. Un jour on arriverait, le temps ferait son œuvre.

Et le temps fit son œuvre. Le refuge avait son gardien, le gardien ses clients. Il restait suffisamment de soleil sur la terrasse pour un cigare. Le tabac froid nous râpait la gorge. La fumée filtrait les rayons. Les sommets captaient encore les traits du soir et chacune des crêtes disposées en plans successifs recevait une teinte précise attribuée par le soleil dans un dégradé étudié selon l'éloignement : orange cru pour la plus proche et mauve sombre pour la ligne d'horizon.

— Dieu est peut-être un fumeur de havane. C'est surtout un grand peintre de montagne, dit Rémoville.

— C'est bizarre tout de même que les peintres ne se soient pas rués en haute altitude, dis-je.

— Et Loppé alors, et Ruskin ?

L'homme qui nous avait ainsi parlé prenait les derniers rayons sur le pas de la porte. Il s'approcha de nous.

— Dès le début du XIXe, des peintres ont su que la montagne était la palette ultime. Le problème était d'atteindre les points de vue. Loppé et Ruskin pratiquaient l'alpinisme.

Nous passâmes la soirée avec notre nouvel ami. Pierre raconta son enfance. Son père, le psychiatre suisse Jean Starobinski, l'avait élevé dans la vénération des Arts et des Lettres. On recevait à la table familiale Denis de Rougemont, Nicolas Bouvier, Jean-Bertrand Pontalis. Le père lisait Montaigne et Rousseau, écrivait à Yves Bonnefoy, publiait ses critiques, étudiait la psychanalyse et auscultait la mantique des mots. Pendant ce temps, le fils découvrait l'escalade, s'encordait avec les champions des années 1980, ouvrait des voies de haute difficulté, le piton entre les dents, dans les parois du Verdon. Jean publia son maître ouvrage sur la Mélancolie, Pierre devint guide de Haute Montagne. Le fils avait-il voulu tuer le père en choisissant les sports extrêmes ? Non, père et fils valaient mieux que le syndrome d'Œdipe. Plutôt que de zigouiller le père, le fils l'avait rejoint par d'autres voies. À la manière de Télémaque, labourant les mers pour retrouver Ulysse.

Dans sa jeunesse, suspendu aux surplombs du septième degré, Pierre gueulait les poèmes de Roger Caillois. Aujourd'hui, continuant à courir les glaciers et à forcer les fissures de calcaire, il dirigeait une galerie de peinture et publiait des ouvrages d'art. Ainsi réalisait-il ce mariage auquel j'aspirais tant entre le muscle et l'âme, la vie sauvage et les raffinements de l'esprit.

Il me plut ce Starobinski, capable d'évoquer dans la même phrase les exploits des frères Remy – alpinistes célèbres – et *Les Filles du feu* de Gérard de Nerval. Ah, certes, cela changeait de ces athlètes insensibles aux choses de la création ou de ces artistes hermétiques à l'effort. Car on en avait soupé de ces êtres, campés sur les positions d'un dualisme mal digéré, séparant le corps et l'esprit d'une ligne infranchissable. Les premiers s'indifféraient parfaitement aux Lettres. Les seconds tenaient le sport pour une occupation de brute. Merci à Starobinski, en cette soirée du refuge Nacamuli, d'avoir célébré les noces de la plume et du piolet. Ce soir, flottait sur la montagne la bannière d'un royaume parfait.

Le trente-quatrième jour

Du refuge Nacamuli à Zermatt
par le col du Mont Brulé, 900 mètres de montée.

L'effort uniforme avait un pouvoir hypnotisant. Quand la pente n'était pas trop déclive, ni la trace scabreuse, l'esprit se libérait. Le corps se voyait assigner une tâche simple (suivre un trait rectiligne dans un replat), l'esprit, désentravé, vaquait alors dans son pré. Autre condition nécessaire à la méditation : que le paysage ne soit pas trop spectaculaire. Le sublime écrase, Stendhal l'avait prouvé. Dans une gorge hérissée de stalactites, on avait du mal à penser. De doux à-plats légèrement vallonnés faisaient mieux l'affaire. La mémoire investissait le paysage.

Ce matin ce fut le cas, vers le col du Mont Brulé où menait un emboîtement de combes. Les visions affluaient. Une image disparaissait, remplacée par un souvenir dont on perdait le fil, renoué ailleurs. Le mouvement, par un principe de thermodynamique, entraînait sa propre production.

Pourquoi ce matin-là pensai-je à un certain bivouac sous le menhir de la pointe de Lostmarc'h, aux escalades avec une fille violette sur les parois de Pen-Hir devant la mer d'Iroise et aux nages nocturnes au large de Saint-Anne-la-Palud? Pourquoi ces visions-là plutôt que d'autres et pourquoi mon esprit les malaxait-il si longtemps? Était-elle surréaliste cette production d'images contradictoires? Qu'est-ce qui déclenchait leur afflux?

Dans l'allégeance à la blancheur, la neige sert de réflecteur à l'Imaginaire. On fend la substance des paysages, on est emporté par le flux, absorbé dans l'effort. Soudain, affleurent les souvenirs. Sans raison, apparaît un visage. C'est une visite clandestine née du Blanc. La fille que j'aimais, blanche blonde et bleue, s'invitait souvent dans mes jours de traversée. Plus tard, à Paris, je trouvais ce vers de Camoëns, cité par Chateaubriand dans les *Mémoires* : « Séduisante d'amour, sa figure est si douce que la neige a envie de changer de couleur avec elle. »

Oui, le Blanc était un réservoir hypnotique. Tour à tour il accordait les *imagos* à nos humeurs ou bien les amenait à l'esprit après les avoir engendrés anarchiquement. Le Blanc : une fabrique de figures.

Et soudain, plus rien. Le rythme du pas et le rabot de la neige emportaient toute idée. Extinction générale! Fin du mental! Restait le bruit des skis. Quelle clarté! Le corps devenait le véhicule. On était son passager. La conscience se perdait. L'identité se dématérialisait. Arrêt du travail, évanouissement psychique, émulsion de l'ego : la pensée blanche.

Au dernier col, le Cervin apparut dans ses proportions définitives. Dieu (qui est suisse) avait modelé ce sommet selon le nombre d'or pour enluminer les emballages de Toblerone et prouver à l'univers la perfection helvétique.

On descendit dans un labyrinthe de crevasses. Nous nous prenions pour les petits personnages en pâte d'amande des pièces montées qui se seraient animés dans les meringues.

Dans le fond de la vallée : Zermatt, affublé de sa montagne absolue à qui les Suisses avaient su répondre par une proposition de village impeccable. Chalets sombres, zones piétonnes, pavements, mobilier au cordeau, villageois à quatre épingles. Que les Français se moquent de l'ordre suisse était la preuve de son existence.

Nous allâmes nous incliner sur la tombe de Whymper, le plus grand alpiniste du XIXe siècle (de tous les temps peut-être). Dans les années 1860, il avait été le premier à escalader les Grandes Jorasses, l'aiguille Verte, les Écrins, le Cervin où il avait trouvé la mort. Pourquoi grimper sur les montagnes ? C'était la plus grande question, la plus belle et la plus inutile. Nous poursuivions la réponse chaque matin sur nos skis. Ce soir, dans l'auberge où du Lac s'escrimait avec un brûleur à fondue défectueux, Rémoville donna sa réponse.

— Pourquoi ? Pour les problèmes. La météo du ciel, l'angle de la trace, la texture de la neige, la direction du vent, le risque d'avalanche, l'horaire de la course, les effets de la température, l'éloignement du refuge, la possibilité du demi-tour, le degré des pentes. Tout est calcul, décisions. Un jeu d'échecs ! L'équation !

— Et toi du Lac ?

Il venait de triompher de la virole, la flamme était repartie.

— Le sentiment du devoir accompli.

Le trente-cinquième jour

De Zermatt au refuge Britannia
par le sommet du Strahlhorn (4190 mètres),
1500 mètres de montée.

Les téléphériques nous menèrent aux portes du domaine. Une large arête filait vers l'est. Nous reprîmes la route du territoire de la liberté. Adieu chalets fleuris et fiacres à grelots. Nous retrouvons la vie en pente !

Sans cesse, l'un de nous se retournait vers le Cervin. Nous étions trois grosses vaches jetant des regards humides vers l'étable quittée. La pointe noire semblait trop parfaite pour provenir des combats de la tectonique et de l'érosion. Le Cervin structurait le ciel. C'était l'idée de la montagne descendue dans la pierre et stylisée pour servir d'image de propagande à la Deutsche Grammophon. Les arêtes, exactement harmoniées, convergeaient vers le sommet et tendaient dans le ciel l'offrande de la pyramide de bronze incontestable. Autour de ce piédestal pour buste d'Herbert von Karajan, les autres sommets de 4000 mètres se distribuaient en couvée anarchique. Le Cervin rachetait ce foutoir.

Une fois traversé le glacier, nous remontâmes sur les

pentes du Strahlhorn par le col Adler. La pente dépassa 40°. Il fallut fixer les couteaux. Du Lac opérait des conversions précises, rejoignant chaque affleurement de rochers qui aurait procuré un semblant d'ancrage en cas d'avalanche. Les conversions se succédaient, de plus en plus serrées. La pente fuyait et le regard glissait sur les lignes avides. En crampons, les skis sur le dos, on atteignit le sommet du Strahlhorn à 4200 mètres, planté de sa croix de métal.

L'Oberland bernois fusait vers l'Autriche. Plus loin encore, déjà obscures, moutonnaient les masses de l'Engadine et du Tessin. Dans la pente, disparut à jamais le Cervin. Ainsi du raid : un objectif apparaît. Il semble inaccessible. Il se rapproche. On commence à en parler. On continue. Un soir, on dort à son pied. Le lendemain on le dépasse. Un jour encore, il est perdu. Comme dans la vie, tout s'annonce, tout vient, tout meurt. Ce qu'on a devant soi sera un jour fini, et nous deviendrons nostalgiques de ce que nous n'avons pas encore connu.

Je tombai lourdement dans des plaques cisaillées. Le vent avait sculpté la glace en écailles de cinquante centimètres de large aux bords tranchants et j'eus grand-peine à rechausser mes skis alors que les rafales montées de l'Oberland arrachaient des copeaux à la neige. Au cap 90°, une imbrication de vallées et d'arêtes se déployait à l'infini, avec ses émiettements pleins de promesses et de secrets. « Un jour, bientôt », disais-je. C'est la meilleure phrase à lancer devant un horizon.

Une dernière montée de 100 mètres et ce fut la porte du refuge Britannia de l'English Swiss Alpine Club, à 3000 mètres. Malgré le nom, l'ambiance était massive et germanique : tables carrées, chopes de verre, chaleur de poêle, faïence et bois clair. Les alpinistes étaient vêtus de couleurs vives. À cinq heures du soir, ils semblaient tous rasés de près. Sous les couvertures, mon rêve eut la forme d'une pyramide noire.

Le trente-sixième jour

Du refuge Britannia à la cabane non gardée de Fletschhorn par la station de Saas-Fee, 1200 mètres de montée.

Il ne fallait pas prendre la succession des descentes et des montées, des vallées et des cols, des virages et des conversions pour une litanie punitive mais comme un exercice de reviviscence fondé sur la répétition. Le recommencement des choses, à chaque lever du jour, en augmentait la valeur. Le raid à ski valait par ses rituels. On consacrait vingt minutes chaque matin à préparer son matériel selon une liturgie propre que Rémoville appelait *protocole* et dont chacun cultivait les maniaqueries – de la fixation particulière de son piolet sur le sac à la vérification de son appareil de « détection des victimes d'avalanche », au verrouillage des cales de ski. Puis on s'engouffrait dans le Blanc, comme la veille, poussant la porte à la même heure...

— C'est l'éternel retour, dis-je.

— Tu l'as déjà dit hier, dit Rémoville.

Dans la station de Saas-Fee, à une heure de ski du refuge Britannia, nous fîmes halte sur un banc de bois, le temps de partager un bretzel avec des oiseaux suisses. Les premiers trilles du printemps descendaient des arbres. Je tentais de rallier Rémoville à ma théorie de l'accélération de la fonte des glaces par le chant des passereaux. Sans succès : il avait trop longtemps étudié les sciences, il se méfiait des analogies. On reprit le faix, c'est-à-dire la course, c'est-à-dire la pente, sur les versants du Fletschhorn.

À 3700 mètres, sous le sommet, nous skiâmes entre les crevasses alors que le ciel virait au gris taupe. Le soleil devint un lumignon dans le coin d'un plafond sale. Où que le regard se portât, le monde était blanc.

Au nord l'Oberland, à l'ouest le massif du Cervin et ses satellites en « horn ». Jusqu'au ciel, la neige avait substantialisé la matière, réinventé le réel, recréé le monde. Chaque hiver, même genèse. Et cette recomposition intégrale disparaîtrait en quelques heures de redoux. La redéfinition du monde par la neige était une proposition totale mais transitoire. Dans notre mémoire, demeurerait la trace de nos skis à la surface de l'impermanent.

Du Lac visait la cabane de Fletschhorn. C'était une cabine de bois, en équilibre, à 3000 mètres d'altitude, laissée à la disposition des alpinistes. Nous fendîmes trois bûches pour le poêle. La hutte était tenue au cordeau. Je me souvins de l'inspecteur forestier sibérien déboulé un matin dans la cabane que j'occupais sur les rives du lac Baïkal ; impressionné par la netteté de mon petit intérieur, il s'était exclamé : « Cabane allemande ! »

On alluma le poêle et coulèrent des heures hébétées dans la torpeur de la soupe. Le ciel s'était bouché, le poêle ronflait, la cabane était tiède, la fenêtre livide. Nous étions protégés dans le ventre de bois.

Quelques psychanalystes associaient les visions de la blancheur à une hallucination morbide exprimant le souvenir d'un manque maternel. D'autres à « un désir d'absence, de suspension du lien social et d'effacement ». En somme, l'amour du Blanc total trahirait la tentation douloureuse de l'annulation. Ils me les brisaient ces sexologues austro-dépressifs. Il y avait une jouissance plus qu'une souffrance à imaginer sa dématérialisation. Mieux, il y avait une joie !

— Qu'en penses-tu, du Lac ?

— Les psys devraient faire du ski.

Le trente-septième jour

De la cabane de Fletschhorn
à l'hospice des chanoines du col du Simplon,
500 mètres de montée.

Le ciel s'était repris. Nous sortîmes dans une clarté d'huître. Des traînées dorées striaient la nacre. Du Lac trouva un cheminement entre des dalles, sur des plaques de glace à 45°. Il fallut déraper. Rémoville skiait à fleuret moucheté : un coup par-ci, un coup par-là. Il traçait des virgules entre les rochers. Nous suivions et on toucha le fond du thalweg.

Dernier obstacle : une antenne de télévision coiffait un petit sommet d'où la vue portait sur le col du Simplon, occupé par un hospice. Une congrégation de chanoines tenait les lieux, cousins des frères du Grand-Saint-Bernard. Nous descendîmes dans des ressauts où les accumulations de neige, couvrant les marches de gros édredons blancs, s'effondraient à notre passage. Nous dérangeâmes un lagopède. La vallée approchait, piquetée de villages sérieux. Chaque maison luisait, léchée par la lumière. À quinze heures, au débouché d'un goulet où les myrtilliers perçaient, nous gagnâmes l'hospice.

Affichées sur les murs, les biographies des pères Gratien Volluz et Bernard Gabioud, prêtres et guides de haute montagne, accueillaient le visiteur.

— Du Lac, un jour tu entreras dans les ordres.

— Dieu s'en garde.

Les deux prêtres avaient élaboré des correspondances entre la vie religieuse et le métier d'alpiniste. Ces métaphores physico-mystiques avaient couru les millénaires : rien ne ressemble plus à l'autel de Dieu que le sommet d'une montagne. Nous connaissions la chanson : monter était une prière, la neige un manteau de pureté, le compagnon de cordée un prochain idéal et la corde entre eux figurait le lien d'amour. « Fais Seigneur que je marche, que je monte vers toi, par les sommets », disait la prière du pèlerin de la montagne. Ces analogies étaient fines comme un remonte-pente. Je les préférais aux théories psychanalytiques de la dissolution blanche. Après tout, dans le jeu des interprétations et des concordances, la sainteté de la neige avait plus de noblesse que son éclat morbide.

L'Alpe était grande encore. Nous n'avions pas fini d'y tracer notre ligne. Nous n'avions pas fini d'en déchiffrer la voie. Nous n'avions pas fini de rassembler les signes dans l'unité du Blanc.

2020, troisième année

LA BEAUTÉ

Le trente-huitième jour, 27 février

De l'hospice du col du Simplon à l'abri d'hiver du refuge non gardé Città di Arona par le col de Chaltwasser,
12 kilomètres et 900 mètres de montée.

En 2019, les hommes avaient continué à s'entretuer passionnément, on avait découvert l'iPhone 11, le Progrès avait fait des progrès. Par exemple la flèche de Notre-Dame avait brûlé. Que signifiait-elle, dressée au-dessus du siècle 21 ? Il était logique qu'elle se retirât. L'homme moderne a autre chose à faire que de tourner son regard vers le ciel.

Pour moi, l'année avait passé, errante et escarpée, stérile et voluptueuse. « Agréable et bâclée », disait Françoise Sagan de sa vie. C'est elle qui m'avait enseigné les définitions en diptyque.

J'étais parti à bord d'un voilier pour un reportage en Méditerranée puis j'avais séjourné en Patagonie avec les soldats du Groupe militaire de haute montagne. J'avais eu le bonheur de voir consécutivement le soleil se lever sur les contreforts du Cerro Torre et se coucher sur les pentes de l'Etna.

Ces temps-ci, les journaux parlaient d'un virus qui rendait malades des paysans chinois dans une bourgade du milieu de l'empire Han : rien qui nous concernât.

Comme il ne se passait rien, du Lac et moi étions revenus à la table de bois de l'hospice du Simplon. Enfant, dans la bibliothèque de théâtre de mon père, j'aimais lire les didascalies de Feydeau. Ma préférée : « *les mêmes, au même endroit, un peu plus tard* ». C'était nous, ce matin-là.

Les chanoines suisses nous accueillirent. Le père François se souvenait de notre venue à la fin de l'hiver précédent :

— Vous avez encore vos skis ? Je vous bénirai quand vous partirez.

— Nous attendons notre camarade.

Rémoville nous rejoignit à huit heures du matin. Il avait voyagé toute la nuit, quittant son costume de ville dans le train de Lausanne, sautant dans ses frusques et finissant de préparer son sac dans l'autocar qui le menait au col du Simplon.

Une heure plus tard, nous reçûmes la bénédiction du père et, à neuf heures du matin, on se jeta dehors. Il faisait -14 °C, le grésil nous fouettait et il fallut retrouver les réflexes : réglages des sangles, fixation des skis, ajustement des peaux. En montagne, les sas n'existent pas. Derrière la porte du refuge, le monde vous saute à la gorge.

Au col de Chaltwasser, à 3 000 mètres, le vent brouilla le monde. Sans rien distinguer, on s'encorda dans les goulets et on s'assura l'un après l'autre. Nous étions censés renouer avec le cours des jours heureux, on se retrouvait précipités dans la lessiveuse. Nous touchâmes la forêt au-dessus du village d'Arona déserté pour l'hiver. L'orée des mélèzes se découvrit et bientôt les premières maisons apparurent de ce pays fantôme. On se carapata sur les châlits de la petite salle de bivouac. Il était quatre heures de l'après-midi. Le thermomètre ne dépassa jamais -2 °C et nous dormîmes dix heures, ce qui était un minimum après un pareil tour de chauffe.

Le trente-neuvième jour

Du refuge Città di Arona au village de Devero par deux cols, 11 kilomètres et 1 000 mètres de montée.

Ce fut une nuit de conte de Grimm avec cabane qui tremble dans le vent et petits enfants roses guettant l'ogre. Les rafales m'avaient flanqué des insomnies. Du Lac ne semblait pas ébranlé, il préparait le café sur son réchaud. Rémoville échafaudait déjà des hypothèses sur la carte au 25 :000. Comment allions-nous réussir à sinuer entre les plaques à vents ? Laissant les maisons de pierre qui portaient des couches de deux mètres et demi de neige, nous sortîmes du village. La forêt nous protégeait mais le vent nous gifla, sitôt quittée sa lisière. La montagne fumait. Des filandres fuyaient sur les versants : les serpents affolaient la montagne. Nous montions dans le ruissellement, sur les bords de fuite. Le Blanc s'échevelait.

Du Lac traça au plus raide, pariant que la neige s'accumulerait moins dans les fortes pentes. Il n'octroya pas une seule pause en trois heures, disparaissant dans les volutes. Ce fut un spectacle de féerie et de cauchemar mêlés comme si les tourbillons d'un incendie de glace descendaient du ciel, s'enroulaient autour de sa silhouette, l'absorbant dans leur brasillement, et le régurgitaient plus loin, au bout de sa trace que la gifle de l'air effaçait d'un revers.

Le Blanc balaie les ombres. Le vent chasse devant lui les êtres vivants. Il supprime leur trace. Aucun de nous n'eut envie de s'attarder au col. On brûlait de regagner la protection des arbres. On glissa vite et le crépitement se calma dans les bois. Nous rejoignîmes Devero, en Italie, par les pistes forestières.

— Il y a un jour et demi, j'étais à mon bureau, dit Rémoville.

— C'est ce que dit un guide quand il regagne la ville, dit du Lac.

On trouva une auberge dans le village. Et nous restâmes, postés devant la fenêtre, sans rien attendre d'autre que le retour de la chaleur dans l'organisme, sans nul désir que de se tenir devant la clarté, le thé dans les mains, débarrassés de tout regret de ne pas se trouver ailleurs. Les heures traversaient la fumée de nos tasses. Immobiles, calmes et droits, nous étions enfin capables de comprendre pourquoi il émanait des chats au carreau cette gravité des êtres parvenus au contentement intégral, synonyme de la vie réussie, antipode de l'inquiétude humaine.

Le quarantième jour

Du village de Devero au refuge non gardé du Binntal par l'Albrunpass, 850 mètres de montée.

J'avais serré dans mon sac un recueil des poèmes de Rimbaud en édition de poche, entre les crampons et le baudrier. Au bout de trois jours les pages se décollaient.

— Les reliures des vieux Garnier Flammarion ne valent rien.

— Des vrais problèmes, dit Rémoville.

Le vent était tombé, tout était stable, lavé de froid. Nous traversâmes Sereno vers l'est et remontâmes une piste enneigée à travers une forêt de tableau flamand parsemée de fermes.

— Pourquoi de tableau flamand ? dit du Lac.

— Huilé par la neige, parcouru de petits patineurs.

La nuit nous avait reconstitués. Nous foncions sur la fraîche. Du Lac commentait les devises des cadrans solaires sur les façades baroques : *Horas Non Numero Nisi Serenas*, « Je ne compte que les heures sans nuages ». L'homme serait inspiré de faire comme l'aiguille : retenir les rayons de la vie. Jamais les ombres.

Ces heures hautes et claires aidaient à l'exercice : effacer ce qui salit. Ne conserver ni rancune, ni dépit. Rester blanc. Comme neige.

Rémoville, gonflé à bloc, lisait dans mon recueil les alexandrins du « Bateau ivre ».

— « Et j'ai vu quelquefois ce que l'homme a cru voir ! »

Des tourelles éclatantes coiffaient la vallée. Nous montions en clamant les vers hallucinés. S'il s'était aventuré dans la haute montagne, quelles *Illuminations* aurait rapportées Rimbaud ? Quelle poésie serait tombée de ces crénelures s'il y avait tendu sa corde de danseur ? « Je devins un opéra fabuleux », disait l'enfant des sous-bois de l'Ardenne. Il n'eut pas besoin de monter dans la montagne, si haut dans l'atmosphère, au royaume des visions mortes, pour *voir* à travers le réel.

En quittant la forêt, Rémoville lança les dernières strophes. Le bateau ne pouvait plus voguer, « ni nager sous les yeux horribles des pontons ». Il avait tout vu – le pur, l'impur, la mort et les *panthères à peaux d'hommes* –, il était mûr pour se taire et mourir. Quant à nous, il fallait enlever 1 000 mètres de dénivelé.

Du Lac traça une belle ligne pendant deux heures sur les pentes d'un cirque.

Le premier de la cordée laissait sa ligne sur une page vierge, tâchant de monter au plus simple, au plus aisé, veillant à ne pas incliner l'angle pour préserver les énergies tout en s'élevant efficacement. Il aimait défricher la neige, éclairer le chemin. C'était une excitation de chevau-léger. Je m'en tenais à l'arrière-garde.

Au refuge d'hiver du Binntal, à 2 350 mètres, trois alpinistes suisses ainsi que Lola, norvégienne, se partageaient les châlits et préparaient leur course du lendemain. On leur fit la lecture d'*Une saison en enfer.* Tout le monde connaissait Rimbaud. Les Suisses l'avaient étudié à l'école. Lola se souvenait qu'il était beau. Arthur se serait souvenu de Lola.

Le quarante et unième jour

Du refuge du Binntal au refuge gardé Corno-Gries par trois cols, 19 kilomètres et 1 500 mètres de montée.

Du Lac ne s'en lassait pas : affichée dans le refuge, une annonce indiquait comment plier les couvertures selon la méthode du Club alpin suisse. Sentiment rassurant : l'Helvète, dans son organisation logistique, savait se montrer digne de la perfection de la montagne.

Nous partîmes gagner le droit de nous reposer le soir.

Le Mont-Blanc apparut au premier col, vers le sud-ouest. La lumière vernissait les reliefs. L'ombre tendait des dais mauves entre les à-plats clairs. Le premier vallon montait vers un col à 3 015 mètres. Le deuxième col se défendait par des corniches onctueuses que du Lac creva du poing pour y ouvrir un passage. On rampa dans la fraîche pour se rétablir sur le replat.

Puis ce fut la vaste descente vers des auges ouvertes sur le lac de Gries. Un barrage de béton fermait l'horizon, hérissé de pylônes. Des éoliennes battaient le ciel et cet appareillage géant, silencieux, triomphant, donnait au paysage l'angoisse des tableaux de Bilal ou de François Schuiten. Ces machineries semblaient abandonnées sur des rives. Elles fonctionnaient à vide, plus esseulées que des derviches, comme si l'homme, après sa disparition, avait laissé mouliner les mécanismes de son ancienne puissance. Lumignons, pales et antennes ne garderaient aucun souvenir du maître fou qui les avait mis en marche.

Nous coupâmes le dernier col. Était-il rimbaldien ce raid à la poursuite d'un horizon qui reculait toujours ? Notre marche, chaque matin reprise dans la substance, se trouvait récompensée par sa brassée de visions. Ces formes étranges, parfois sexuelles, rarement humaines, abstraites souvent – tuyauteries de glace et draperies immaculées : c'étaient les projections de notre lanterne magique !

— Nous skions dans le poème, les gars.

— La neige ou la chasteté du soleil, dit du Lac.

— Le foutre de la reine, dis-je.

— La lymphe du ciel, dit Rémoville.

— Les pauvres copeaux de la pureté.

Hélas, nous ne savions pas formuler nos *Illuminations*. Et ces lamentables tentatives n'étaient qu'une manière d'hommage à la mémoire du *Voyant* de dix-sept ans qui n'eut pas besoin de voir la splendeur pour la décrire et qui sculpta le verbe à la croisée des sens. L'énigme du génie d'Arthur nous occupa toute la journée. Peut-être se tenait-elle là la définition de la poésie : dire ce que l'on n'a jamais vu. Aucune des *Illuminations* de Rimbaud n'avait nécessité qu'il assistât préalablement à ce qu'il décrivait.

Le refuge se dévoila à six heures du soir : un losange sur des pilotis. La construction ressemblait à un projet d'ingénieur soviétique. Monica, la gardienne, nous accueillit grassement. Le ciel virait à l'orangé. Nous étions seuls avec Monica et la poésie : le lieu et la formule.

Le quarante-deuxième jour

Du refuge Corno-Gries au refuge gardé de Rotondo par deux cols, 1 400 mètres de montée.

Le ciel pistache-fraise ne présageait pas de la misère du jour. Nous savions qu'une tempête s'abattrait dans l'après-midi, mais du Lac comptait passer le col avant. Du Lac espérait toujours passer avant. La plupart du temps, il y parvenait. « Reculer ? Jamais » était la devise de l'Armée rouge. « Après moi, le déluge », de la Pompadour. « *Wait and see* », de Churchill. « Ça va passer », celle de du Lac.

Son optimisme se renforçait à proportion que l'issue se révélait impossible. Souvent, il avait dit « pas de problème » devant ce qui, à moi, paraissait insurmontable.

Ce matin-là, cela ne passa pas. Après avoir remonté un versant planté de pylônes (une cordée de squelettes), nous grimpâmes jusqu'au premier des deux cols, à 2 800 mètres. La tempête était en avance. Elle nous fondit dessus.

Nous progressâmes skis à skis pour ne pas nous perdre de vue. Nous contournâmes les éperons rocheux sous le mont Rotondo. On voyait à peine ses propres skis. Du Lac s'égara. Nous nous plaquâmes contre la paroi d'un ressaut arasé par le vent. Les thermomètres indiquaient -15 °C. Les rafales nous arrachaient les bâtons des mains. « Il faut avancer », cria du Lac.

Aucun signe n'indiqua que la pente craquait. La montagne remonta soudain autour de moi. La sensation fut étrange et presque agréable. Je descendais sans effort, percevant mollement un mouvement hors de moi : j'étais pris dans une coulée.

La petite langue glissa d'une dizaine de mètres, s'arrêta. Ce fut tout. Ce n'était rien : je ne fus pas enseveli. Du Lac était déjà là. Mes skis s'étaient déchaussés. On m'extirpa, je fouillai pour retrouver les skis, je me rétablis. Nous repartîmes dans les hurlements.

Le vent dépassait les 100 kilomètres à l'heure. Enfoui sous les masques, je me demandais : « Tout à l'heure, au refuge, saurons-nous nous rappeler notre peine et avoir pitié de ce que nous vivons en ce moment ? »

L'esprit oublie vite les souffrances du corps. C'est le ressort de la vie : effacer et recommencer. La volonté est un fauve. Elle réclame sa part de viande : on rêve à un nouveau départ, aussitôt goûté le repos. Quand l'expérience commence à vous dissuader de repartir, c'est que vous avez vieilli.

Le col arriva, à 2 804 mètres. Dans un trou de neige on enleva les peaux et à l'aveugle, suivant du Lac, qui suivait le GPS, on continua. Soudain, on fut devant le mur du refuge. Sur les carreaux d'un poêle en faïence, ce fut une après-midi d'hébétude. Communication pour les facultés de théologie : une porte de bois sépare le paradis de l'enfer.

Le quarante-troisième jour

Du refuge de Rotondo au refuge non gardé Vermigel
par la station d'Andermatt,
15 kilomètres et 600 mètres de montée.

La journée de la veille nous avait suffisamment éprouvés pour que nous sentissions légitime d'éviter le prochain col. Nous contournâmes le Grand-Saint-Bernard et descendîmes vers Réalp par des vallons heureux. La station de chemin de fer d'altitude rutilait. Les bois étaient entretenus, les chalets gentiment semés : un décor de train électrique de la marque Märklin HO (monde en ordre, aiguillages au cordeau, stères empilés, équipements minutieux). Ce paysage de maquette nous convenait après la tempête.

D'Andermatt la montée fut douce vers Vermigelhütte. Cela changeait de la correction cosmique reçue hier. Au refuge d'hiver, deux Polonais préparaient la soupe en silence.

Rémoville lisait *Une saison en enfer*. Il s'intriguait de la rage de Rimbaud à se flétrir. Arthur usa de son corps comme d'un quartier de viande et le martyrisa. Verlaine l'y aida. L'âme resta d'émeraude. Dans les poèmes, toujours ce balancement entre la pureté et la saleté. Voulant souiller le monde, Arthur s'en prit d'abord à lui-même.

Je voyais un rapport entre l'envie d'encrapulement des artistes et le désir de destruction sportive. Les poètes cherchaient la flétrissure dans la voyouterie. L'alpiniste voulait harasser la bête dans la beauté. Qu'avaient-ils à expier l'un et l'autre? Dans les deux cas, il était question de se punir. L'ordure et l'élévation, la rédemption et la perte, la descente et la montée : même tension. La fange avait ses lumières. Le Blanc ses noirceurs. « Ô que ma quille éclate! » disait « Le Bateau ivre ». Que disions-nous dans la tempête?

Chez le poète, ce goût de l'épreuve donna une traînée de vers éternels. Chez le sportif, une trace provisoire vers un refuge où une Gudule à tresses préparait l'Ovomaltine.

Les quarante-quatrième et quarante-cinquième jours

Du refuge Vermigel au lac de Sontga Maria par le pic Borel,
20 kilomètres et 1 000 mètres de montée.
Puis vers Olivone en automobile.

À l'aube il faisait -18°. Nous escaladâmes en crampons le mont Borel, planté d'une croix de métal givré. On s'encorda pour longer l'arête. Puis, à nouveau notre solfège : les vallons, les rochers, les cols, les auges immenses au fond desquelles mes deux compagnons se relayaient pour la trace jusqu'au lac de Sontga qui ne venait jamais.

Nous avancions sur des replats. Le ciel aveuglait. Les heures s'étiraient. Le cœur trouvait sa pulsation. Et, dans l'aveuglement, la pensée à nouveau s'annulait. L'effort physique se muait en torpeur psychique. L'être s'atomisait. Nous allions dans les heures *abolies*. Ce n'était pas le coma mais un état de veille active, concentrée, où le degré d'épuisement laissait la force d'avancer, mais empêchait tout raisonnement. Les bouddhistes travaillaient à cette volatilisation. Le Bouddha s'était assis en tailleur sous un pipal pour disparaître à lui-même. Il aurait pu aussi bien chausser une paire de skis et suivre du Lac dans la matrice. Nous glissions sans douleur. Au-dedans, l'engourdissement ; au-dehors, l'abstraction.

Je me souvenais, sous les projecteurs des blocs opératoires, d'un mol éblouissement précédant l'anesthésie. Les produits diffusaient leur moiteur dans l'organisme, jusqu'à l'extinction. On divaguait, immobile, puis on sombrait. Dans la montagne, il s'agissait d'un autre anéantissement. Le corps continuait de marcher machinalement à travers un néant de formes, au lieu de laisser la torpeur se répandre en lui.

Le voyage se situait à l'opposé de l'itinéraire chateaubrianesque en Terre sainte où le voyageur circule dans une géographie historique, cherchant une référence sous les pierres. « Chaque nom renferme un mystère ; chaque grotte déclare l'avenir ; chaque sommet retentit des accents d'un prophète[1] », dit le voyageur de l'espace historique. Chez Chateaubriand, pour comprendre, il faut savoir. Dans le Blanc sans mémoire, l'espace règne seul. L'Histoire n'imprime pas de trace, l'homme n'écrit rien. C'est la patrie du vide « que la blancheur défend[2] ».

Au lac de Sontga Maria, les motifs industriels nous ramenèrent à la matière. Le barrage, les tunnels, les pylônes : il n'était plus question de se dissoudre dans les métaphysiques. Un Italien nous voitura vers Olivone, à 6 kilomètres du barrage, et on avisa une auberge. Alors, comme si tous ces efforts par les cols et par les crêtes n'avaient été accomplis depuis trois années que pour gagner ce lit de bois, je m'y écroulai pour ne plus le quitter avant le surlendemain.

1. Chateaubriand, *Mémoires d'outre-tombe*, Livre XVIII, chap. 2.
2. Mallarmé, « Brise marine », *Poésies*.

Le quarante-sixième jour

D'Olivone au refuge non gardé Adula
par les tunnels du barrage de Luzzone,
12 kilomètres et 900 mètres de montée.

La douceur italienne remontait des lacs et s'infiltrait dans les forêts germaniques. Ce mariage se traduisait dans les villégiatures d'inspiration déjà autrichienne. La Belle Époque était venue prendre le frais ici. À une heure de route au sud, les palmiers éventaient les plages du lac Majeur.

Le taulier italien était de plus en plus volubile au fur et à mesure qu'il vidait les cafetières. De sa gaieté, il ressortit que le Tessin était le plus bel endroit du monde, qu'un mètre dix de neige était tombé en vingt-quatre heures, qu'on aurait du mal à basculer sur l'Engadine et qu'un virus pulmonaire se répandait dans la vallée, d'origine probablement chinoise et dont ici, en altitude, on n'avait rien à craindre. Seul Rémoville sembla s'intéresser à cette dernière information.

— C'est une grippe, on s'en fiche, dis-je, prouvant là mon sens de l'Histoire.

Sous le barrage du lac de Luzzone, nous grimpâmes dans

la forêt, passant l'habituelle revue catholique : autels du Christ, oratoires de la Vierge et croix de grand chemin.

À 1600 mètres s'étoilait un système de barrages dont les tabliers communiquaient par des tunnels étagés. C'était un décor pour film d'espionnage des années 1950. Skis sur l'épaule, nous nous engouffrâmes dans un souterrain où aurait pu se tapir un espion brejnévien en costume trois pièces, armé d'un Makarov 9 mm (avec silencieux) prêt à faire feu sur Cary Grant. Des stalactites crevaient les voûtes. Nous marchâmes 2 kilomètres dans les galeries pour déboucher en pleine lumière sur la passerelle d'un barrage appuyé contre un versant boisé.

— Les gars, on a franchi le tunnel de Bosch, dis-je.

— Dieu est un barrage ? dit du Lac.

— Dieu, c'est l'énergie, dit Rémoville.

Le vallon du refuge Adula nous demanda trois heures. Du Lac soufflait fort dans la neige solaire. D'où venait le vitalisme de mon camarade ? Depuis que nous battions les crêtes, je le voyais toujours sauter sur la première occasion de prendre l'air et d'échapper au risque d'une conversation avec lui-même. Ce n'était pas la moindre de mes admirations. Je tenais la fuite pour le plus noble métier du monde.

À chaque chalet d'alpage à demi enseveli, nous plaquions le dos contre les poutres sombres, chauffées par le soleil. On se prenait pour des chats. Au refuge l'après-midi coula, chaude, préservée. « *First do nothing, then rest* », avait dit un maître zen[1]. À moins qu'il ne se fût agi d'un skieur-alpiniste.

1. Dans *Paris, km 00*, Bernard Hermann, Phébus.

Le quarante-septième jour

Demi-tour après la coulée du pic Adula,
17 kilomètres et 600 mètres de montée.

Ce matin, à cinq heures, autour du poêle, j'exposai mon projet d'escalader l'aiguille d'Étretat, au retour. Maurice Leblanc l'avait baptisée « l'aiguille creuse » et en avait fait le repaire d'Arsène Lupin. Le monolithe blanc, de « craie à silex », dressait ses 60 mètres de haut dans la mer, à un jet des falaises de la côte. Il suffirait d'atteindre le socle en canot puis de grimper avec cordes et pitons, vêtus de redingotes. Au sommet, je déclamerais devant les mouettes, et vers la Grande-Bretagne, un appel au « primesaut » pour célébrer dans l'ordre : la gaieté publique, la désinvolture privée et l'esprit d'enfance. Ces vertus avaient constitué jadis la réponse de la France à toute adversité. Pendant des siècles, le monde avait jugé les Français trop légers. Que s'était-il passé en quelques décennies pour que nous devinssions à ce point moroses, persuadés de notre place sur le podium du malheur planétaire ? À Paris, autour de moi, chacun se jugeait victime du sort, offensé par ses semblables, jamais reconnu à sa juste valeur, lésé par la vie et abandonné aux mauvais vents par un État dont on exigeait le secours intégral tout en combattant la moindre immixtion. Même la gaieté avait rejoint le rang des vertus suspectes, remplacée par l'exercice d'indignation. La démocratie avait dépassé ses ambitions : tout le monde se gênait, chacun se haïssait. Nous allions remédier au ressentiment en lançant notre supplique inutile du haut de l'aiguille, dans la tradition lupinesque.

— Tu en es ? dis-je à du Lac, on tentera le coup en septembre, à l'aube.

Du Lac ne répondait pas. Il tisonnait le poêle. Je craignais qu'il refusât. Au bout d'un long silence :

— On ne pourra pas planter des pitons plats. Dans la craie, il faudra s'assurer avec des broches à glace de 12 centimètres.

— Il est d'accord, dit Rémoville.

Il faisait -7 °C. Le vent soufflait à 60 à l'heure. Vers le col de Laghetto, les rafales guillochaient la neige. Technique de gros temps : plongée en soi, enfouissement dans les capuches, regard fixe. Je pensais à l'aiguille d'Étretat. Rémoville marmonnait la troisième strophe du « Bateau ivre ». Du Lac essayait de trouver le moyen d'éviter les pentes raides du col. À l'est, au fond d'une combe, la neige se déchira sous ses skis. La lèvre s'ouvrit, emportant le versant en aval, et la déchirure s'arrêta devant Rémoville. Du Lac descendait, piégé. Pour notre bonheur, c'était de la fraîche pas trop alourdie. Nous regardions notre ami, hypnotisés par le mouvement de la coulée. La nappe irrépressible glissait, silencieuse. Du Lac luttait pour garder l'équilibre, ne se laissant pas recouvrir. La langue s'arrêta sur un replat, 60 mètres en contrebas, avant une rupture de barres rocheuses où l'avalanche serait devenue un linceul. Il se dégagea seul et remonta à nous, et sans même débattre nous prîmes la décision de rebrousser chemin vers Olivone dans la tourmente qui ne cessait pas.

Nous irions en train à San Bernardino, contournant les crêtes du col de Laghetto. Le vallon nous avait donné de la peine à la montée. La descente ne fut pas plus facile. À la lourdeur de la neige s'ajoutait la morosité des demi-tours aggravée par la gifle du vent. Au moins, hier, peinions-nous sous un ciel radieux. J'avais une phrase à la rescousse. « Un chemin droit ne mène jamais qu'au but[1]. » Où menait notre ligne ? Allions-nous vraiment vers un but ? Non, nous allions dans le Blanc. Nous étions passagers de la substance. C'était un narcotique. Il procurait l'oubli, assurait l'hypnose. Et pour la première fois depuis toutes ces années où je courais les routes, je trouvais davantage de grâces dans le cheminement que dans la destination. C'était la leçon du Blanc. Il nous convoyait. Il fallait se garder qu'il nous inhumât.

1. Gide, *Journal*, 28 octobre 1923.

Le quarante-huitième jour

De San Bernardino à Splügen par deux cols,
19 kilomètres et 1 500 mètres de montée.

Hier au soir, contournant les Grisons en chemin de fer, nous avions gagné le village de San Bernardino, à 10 kilomètres du refuge Adula. Nous partîmes par la porte de l'est gardée de nuages sombres, en direction de l'Engadine au nom de sucre et de cristal ! Nietzsche s'était réfugié à Sils-Maria, trouvant digne de lui le rayonnement de ces ozones. Sous les crêtes blanches, il avait élaboré la doctrine de Zarathoustra, et renversé la table.

— Nous allons chez Nietzsche, dit Rémoville.

— En lisant Rimbaud, dis-je.

— Vous êtes snobs, dit du Lac.

Aussitôt réveillés, nous nous préparions. Partir devenait l'habitude. Le ciel ne se calmait pas. Trois heures de montée dans le vent nous menèrent vers le sommet d'un vallon large, commandé par une ferme. Chaque matin, nous lisions quelques vers des *Illuminations.* Ainsi, toute la journée, pouvais-je moudre cette constatation : je ne comprenais rien à Rimbaud.

Hier, Rémoville m'avait signalé la chute du poème « Les Ponts » : « Un rayon blanc, tombant du haut du ciel, anéantit cette comédie. »

Moisson ordinaire : un col, la préparation de la descente dans les rafales, le ski sous les parois de roche, les orgues de glace cascadant des crêtes, les cyanoses des plaques vives, les virages dans le satin froid, un ruisseau à 1800 mètres : nos *Illuminations*.

— On entend l'eau vive, sous la neige ! dit du Lac.

La montagne coulait. Le Blanc se retirait.

— Il va falloir songer à rentrer, dit Rémoville.

Du Lac choisit de remonter un couloir à 45° vers le deuxième col. Vu d'en face le goulet semblait vertical. Nous imaginions le pire : dès que nos skis toucheraient la surface, la pente s'effondrerait. Mais aussitôt qu'on s'y engageait, tout s'aplanissait. Ce principe de la navigation en haute montagne était un axiome : de loin, l'obstacle est terrifiant. Approchez-vous, les difficultés s'estompent. Que disait d'autre Mme Alexandra David-Néel, vieux commandeur des explorations tibétaines, premier voyageur à pénétrer dans la ville de Lhassa en 1924 ? « Une fois en route, tout se simplifie. »

Mes deux camarades avalèrent les 800 mètres de dénivelé et attendirent que je les rejoigne, au col qui dominait Splügen.

— Tesson, il va falloir rentrer en France.

— Un chagrin d'amour ?

— Moins grave : une épidémie. En bas, ils ferment les frontières, les gens étouffent dans les vallées.

Pour la première fois dans l'Histoire, huit milliards

d'êtres humains allaient assister en temps réel aux expérimentations des gouvernements en matière de contrôle des masses. On parlait de « pandémie ». Le même terme que pour les pestes historiques où la camarde fauchait des millions d'âmes ! Il y avait de quoi frémir en écoutant les membres autoproclamés de la nouvelle élite : les experts sanitaires.

La bureaucratie fourbissait son arsenal d'expressions hideuses et de concepts infantiles. Ils allaient devenir des lieux communs : « gestes barrières », « distanciation sociale ». Nous les entendions pour la première fois. Le grand enfermement commençait. Dans quelques jours, le monde allait entrer en quarantaine. Pour l'instant nous l'ignorions. On pouvait encore s'en aller. Du Lac et moi ne demandions rien d'autre. Nous tenions l'expression des *Orientales* de Victor Hugo pour un motif suprême de l'existence : « La liberté sur la montagne ». Le reste nous importait peu. Nous avions le Blanc, il nous suffisait. Il y avait ce mot de l'explorateur Rasmussen : « Donnez-moi l'hiver, donnez-moi les chiens, et gardez tout le reste. » Rémoville se révélait moins désinvolte. Il regardait son téléphone :

— Ce n'est pas une plaisanterie, vous devriez lire la presse.

Mais du Lac ne dérogeait pas à sa technique de survie par l'ignorance.

— Demain, à cinq heures, on se casse.

Le quarante-neuvième jour

De Splügen au bivouac d'hiver du refuge Bertacchi
par le col du Splügen, 11 kilomètres et 400 mètres de montée.

Il faisait -8°. Le bon temps raflé à l'auberge ne s'avérait d'aucune utilité dans les tourmentes. On passait de la cheminée à la chambre froide sans que la première ne diffusât un peu de sa chaleur à la seconde. Le bien-être, comme l'électricité, ne s'emmagasine pas.

Dans la pente du col du Splügen, je trouvai un sujet de nouvelle : trois amis voyagent sur les crêtes. En bas, les hommes meurent de la peste. Pourquoi descendre ? Ils ne se souviennent plus de leurs semblables. Ils demeurent dans le cristal : montagne de verre, ciel de nacre, vie ultraviolette. Un jour, l'un d'eux veut retourner en bas, chez les siens. Il mourra de redescendre, il le sait, mais l'homme ne peut s'empêcher. Les deux autres le retiennent, ils se battent : discorde, blessure, haine. Ils s'entretuent. En bas, la peste a disparu, la vie est revenue. En haut, le recours aux forêts a échoué. La pureté est dangereuse.

De l'autre côté du col, à 1900 mètres d'altitude, le lac de Monte Spluga était bordé d'un hameau vide. Les habitants reviendraient en été. Nous passâmes dans les travées. Les bâtiments attendaient le dégel dans des congères de 4 mètres d'épaisseur.

Trois heures plus tard, pour atteindre le refuge d'hiver Bertacchi, nous progressions sur une vire qui balafrait un ressaut rocheux, crampons aux pieds, skis sur le dos, encordés à la taille. Le vent avait forci. En montagne, il suffit qu'une rafale lève un grésil pour qu'une situation prenne une allure d'épopée.

Le bivouac d'hiver laissé à la disposition des montagnards mesurait deux mètres sur deux. Nous creusâmes à la pelle pour dégager la porte. Terrés dans cette capsule, nous lapâmes le thé, la soupe, le temps. Dehors la tempête s'acharnait. Personne ne disait au vent que la montagne tiendrait bon. On s'endormit à six heures du soir sous les couvertures trop fines. Était-ce donc vrai ce que nous avions vu à la télévision de l'auberge, la veille ? Que dans les villes, les gens n'osaient plus sortir ? Que les cimetières débordaient et qu'on relisait l'Apocalypse de Jean dans les églises italiennes ?

Dans notre abri d'aluminium, la température montait à 4 °C. Le luxe. Pour rien au monde nous ne serions redescendus dans l'infection en bas, à Sodome et Gomorrhe.

Le cinquantième jour

Du bivouac Bertacchi à Avers
par le col Sterla Settentrionale, le Lago di Lei et le Passo del Scergio,
15 kilomètres et 1500 mètres de montée.

Du Lac, ce matin-là, ouvrait la trace au GPS. Le ciel livide était tombé sur la terre. La visibilité commandait de rester enfermé. Mais du Lac usait toujours d'une méthode consistant à partir avant de se demander s'il était raisonnable de le faire. Au pire, nous risquions le demi-tour. C'était l'application sportive de la métaphysique de Pessoa : « Agir, c'est connaître le repos. »

On suivait, remettant notre vie dans le petit boîtier de notre ami. Il fallait franchir deux cols aujourd'hui.

Et si l'appareil tombait en panne ? Si les machines décidaient de se venger ? Nous étions quelques-uns à les haïr. Pour se retourner contre nous, elles disposaient d'un moyen plus subtil que les armes des robots tueurs de Philip K. Dick. Elles pouvaient désorganiser insidieusement les systèmes, instiller des erreurs dans les programmes. Nos correspondances seraient alors dirigées vers les mauvais destinataires. Le message à l'amante irait à l'épouse. Les GPS conduiraient vers le précipice. La météo annoncerait des redoux juste avant la tempête. Une intelligence artificielle doit nécessairement contenir sa part de perversité.

Ce matin-là, rien de tel ne se produisit. L'appareil de du Lac marchait bien. La guerre des machines n'aurait jamais lieu : elles avaient déjà remporté la partie.

Le vent décapait le col, dorsale rocheuse. Nous repliâmes les peaux de phoque. L'air était doux, les rafales vivifiaient. On avança vite. L'énergie des muscles irradiait une joie unanime en nos trois organismes.

L'itinéraire coupait des vallées étroites, verrouillées de barrages. Une déchirure laissait entrevoir les lacs de retenue, au fond des vallées. Nous atteignîmes le deuxième col et, dans une neige de velours, on fit cent virages vers le Lago di Lei.

La piste longeait les lacs, constellée de traces. Sangliers, cervidés, chamois, hermines et lièvres laçaient et délaçaient leurs traces incessantes dans les nuits de la Lei. Au loin, le barrage d'appui, blême. La délicatesse des empreintes de chevreuils contredisait la brutalité des perspectives de béton. Pour s'exciter, ma sensibilité avait besoin de paysages spectaculaires. Le monsieur Teste de Paul Valéry me prévenait : « Je hais les choses extraordinaires, c'est le besoin des esprits faibles. » Certaines âmes supérieures se satisfaisaient de soirées pastel dans un jardin proustien. Moi, j'avais besoin de skier dans les décors grandioses – c'était signe d'insuffisance.

Deux baraquements abandonnés, enneigés jusqu'aux fenêtres, marquaient la frontière italo-suisse. Nous traversâmes le barrage sur le tablier. Le tunnel de liaison avec la vallée était fermé.

— On sera obligés de monter au col, dit du Lac.

L'atmosphère était lugubre. La neige tombait. Nous nous penchions par-dessus les parapets. Les lignes de fuite du barrage donnaient des envies inavouables. Assis sur deux têtes de turbines électriques exposées en plein air, on mangea une salaison. Chacun tire son énergie d'où il peut.

En nous rétablissant sur le col, deux heures plus tard, nous déclenchâmes une avalanche. Elle emporta le vallon sous nos skis, à quelques centaines de mètres de nous. L'onde de notre passage s'était propagée sur le revers jusqu'à frapper la combe et décrocher la pente.

Par la forêt, on dégringola dans un escalier de souches, de troncs et de bosses de poudreuse que nous crevions en y stoppant nos courses.

Au fond du val d'Avers, à 2000 mètres, des Suisses-Allemands nous reçurent dans une auberge de bois au goût parfait. Au-delà du hameau de Juf, s'élevaient les derniers cols avant Sils-Maria.

Cette auberge résumait le génie alémanique. Tout était sobrement ajusté. La pensée claire, la vie solide. La Terre devait paraître un camp de Gitans à ces tauliers capables d'aligner les cure-dents un par un dans des boîtes ouvragées. Occupés à briquer les pieds de chaises, ils ne parlaient pas de ce virus mystérieux qui se répandait en bas.

De la régie du barrage à l'ordonnancement des pots de confitures, régnait dans ce pays un certain génie de l'administration des choses. L'ordre formel est un motif civilisationnel. Tout élément, du plus simple au plus complexe, bénéficiait de l'application du principe de perfection.

Dans un pays où les napperons font l'objet d'un soin méticuleux, les trains arrivent à l'heure. Les vertus de détail profitent à l'organisation générale. Ce système irrigua les théories de M. Daurat, patron de l'Aéropostale, dans les années 1920. Les chefs de postes aériens, sur la ligne argentine et chilienne, ne toléraient aucun défaut sur le plus petit boulon. Les manquements étaient punis avec une dureté disproportionnée à la faute. Cette sévérité de détail cachait un souci supérieur : la vie des pilotes. Si le carrelage était propre, les avions ne tombaient pas. Les cure-dents de notre auberge en disaient autant sur le pays que l'entretien du réseau routier. A contrario, dans l'Ukraine socialiste des années 1980, les lampadaires cassés présageaient Tchernobyl.

Certes, la maniaquerie formelle produisait une atmosphère mortellement conventionnelle. Pourtant, l'inspiration naissait dans ces géographies au cordeau. Après tout Zarathoustra était né au pays des trains électriques.

Nous dînâmes en essayant de ne rien renverser sur la nappe.

Le cinquante et unième jour

Du hameau de Juf à Sils-Maria par deux cols et le lac de Sils, 17 kilomètres et 800 mètres de montée.

Une nuit dans un lit suisse remet toujours d'aplomb. Nous quittâmes les lieux à sept heures du matin. Le temps était un rêve helvétique : bleu, blanc, sec. La montagne se purgeait des neiges d'antan. Des coulées se déclenchaient à chaque virage trop appuyé. Il fallait skier sur la pointe des pieds et à grande distance pour ne pas risquer de se faire piéger ensemble.

Par le col du Lunghin, nous descendîmes vers Maloja, au bord du lac, dans une neige épaissie. Sils-Maria vibrait dans les transparences. Restaient 8 kilomètres sur la nappe. Les cimes montaient la garde. Le ciel était d'argent. Des Suisses de compétition patinaient en silence sur le lac. Le soleil brillait. Eux aussi. Des skieurs du troisième âge, vêtus de pull-overs à carreaux, glissaient comme le temps l'avait fait sur eux : légèrement. De vieux messieurs à crinières blanches patinaient, bronzés, très « Philharmonie ». Des dames aux cheveux nacrés accomplissaient depuis quatre-vingts ans leur sortie de ski de fond quotidienne.

L'une d'elles, coiffée d'un carré de soie, cria « bravo » en nous dépassant : « J'aime les jeunes hommes sportifs. » Au bord du lac, le sport et le système bancaire protégeaient la population de la décrépitude. C'est là qu'un moustachu fou décréta il y a cent quarante ans le retournement des valeurs et entraîna dans le gouffre la philosophie classique et sa propre santé. Si Zarathoustra, plutôt que de danser sur le fil, avait fait du patin avec les octogénaires en acier fuselé de Sils-Maria, il n'aurait pas sombré dans la magnifique douleur de son triste savoir.

Sils promettait ses délices après les journées de pente raide. L'alternance constituait le principe de la vie des sportsmen britanniques et américains de 1920 dont Sils-Maria perpétuait le souvenir hygiénique et les angles art nouveau. Dans l'entre-deux-guerres, de Cannes à Montreux en passant par Nairobi, une race de gentlemen occidentaux avait chassé l'éléphant, canoté sur les lacs, patiné vite et pêché le marlin avant le gin fizz du soir sous des pergolas fitzgéraldiennes où des filles extrêmement maigres démolissaient le moral des grands fauves vêtus de blazers blancs. Cette rencontre de la *high-life* et de la « grande santé » avait été le motif d'Hemingway. Les romans abritaient des skieurs qui patrouillaient dans l'air bleu avant de lâcher des phrases de trois mots dans des jardins taillés. En général cette vie balancée entre les safaris et les parties fines finissait par un coup de revolver dans la bouche. Nous nous contentâmes d'un hôtel de bois clair à côté de la maison bleue de Nietzsche. La couche de neige sur le toit lui donnait l'air d'une cabane de conte baroque.

Le cinquante-deuxième jour

Sils-Maria.

Dans *Les Plaisirs et les Jours*, Proust offre à Sils-Maria une phrase impeccable digne des lieux. « Nous nous sommes aimés dans un village perdu d'Engadine au nom deux fois doux : le rêve des sonorités allemandes s'y mourait dans la volupté des syllabes italiennes... »

La citation était affichée dans le couloir du premier étage de la maison de Nietzsche. Des étudiants germaniques – visages pâles et manteaux noirs – venus en pèlerinage respiraient, fébriles, l'odeur d'encaustique. Pensaient-ils capter une molécule du génie de Nietzsche, ces succubes acnéiques ?

Dans la chambre pauvrement meublée, sur une table de bois, Nietzsche avait jeté la base de son *Zarathoustra*, et entreprit de démonter la sagesse occidentale. Moralité : on peut mener la guerre mondiale dans une chambre.

Dans la bibliothèque de la maison trônaient les traductions du *Gai Savoir*. Au chapitre 15 du premier livre, ces lignes sur la montagne : « Nous la gravissons et nous sommes déçus. [...] nous avions oublié que maintes grandeurs, comme maintes bontés demandaient à être vues à distance, et surtout d'en bas, non d'en haut – c'est ainsi seulement qu'elles produisent *leur effet.* »

L'alpiniste pense le contraire. Au sommet, le paysage ne déçoit jamais. Il offre le résumé des jours de lutte. Le souvenir recompose la carte morale des territoires : « Ici, le col difficilement franchissable, là-bas, la combe de l'ouragan. Et souviens-toi de ce glacier... » Ces efforts avaient été offerts au rêve.

Mais Nietzsche n'était pas un skieur et nous n'étions pas dignes de recevoir sa parole. Tout juste, depuis quinze jours, le raid à ski nous ouvrait grand les battants de la vie.

— Je rentre à Paris, dit Rémoville.

— Non, continuons, dit du Lac.

— Les choses s'aggravent, dit Rémoville, je ne peux laisser les miens.

On acheta les journaux. Considérée de Sils-Maria, la situation était effrayante. Le virus gagnait. On parlait de parquer les populations. La panique rampait. Les millénaristes se frottaient les mains. « On vous l'avait bien dit », se félicitaient ceux qui avaient dit tout autre chose. Une ombre se répandait contre laquelle je croyais que l'altitude et la beauté nous prémuniraient.

Le lac reflétait son éclat. Le ciel s'aveuglait. Les vieux messieurs continuaient à glisser. Tout flottait dans l'azur. Comment croire qu'on toussait à en mourir, 1000 mètres plus bas ? Fallait-il demeurer sur les crêtes ? Rester à griller des cigarillos devant le lac aveuglant ? Nous n'étions pas assez convaincus de la gravité des événements pour interrompre notre course mais trop conscients de la crise pour jouer la nonchalance sur des crêtes en verre.

Rémoville, lui, menait sa vie rationnellement. Une femme et des enfants lui commandaient de prendre des décisions. Il sauta dans le train.

Le paradis continuait à irradier sa douceur irréductible. Les écureuils faisaient leurs quadrilles dans les congères. Sils-Maria diffusait son sortilège. Un vent de miel caressait les reflets. Nous restâmes encore deux jours sur les pentes d'argent. Puis nous apprîmes que les carabiniers italiens patrouillaient sur les arêtes pour fermer les stations.

En France la quarantaine était prévue quarante-huit heures plus tard. Nous avions le temps de rentrer. La vie sur les pointes ne suffit pas. L'homme préfère la chaleur des siens. Même dans l'infection.

On prit le train vers Zurich. L'Engadine disparut dans le ciel.

À Lausanne, des gens portaient des masques dans le train.

Je trouvai cela ridicule. Des masques ! Heureusement, en France, on n'en arriverait jamais là.

2021, quatrième année

L'OUBLI

Toute l'année, l'humanité avait combattu l'infection générale. Pour les gouvernements, la lutte contre le virus 19 avait été l'occasion de s'entraîner au contrôle des masses. Les autorités avaient enfermé les populations au nom du salut privé et de la salubrité publique. La bureaucratie avait trouvé un terrain d'expérimentation, préparé par vingt années d'hypnose cybernétique. Quand une société vit derrière un écran, il n'est pas difficile de lui faire porter un masque. Les résultats s'étaient révélés inespérés. En vingt-quatre heures, l'assignation à résidence avait été acceptée. Le parc humain était encore plus malléable qu'on ne le pensait.

Les autorités avaient commis une erreur. Réussissant à cloîtrer des centaines de millions de sujets en quelques heures, elles avaient prouvé leur capacité d'action. On pouvait donc gouverner. Il suffisait de le décider. Dès lors, les dirigeants ne pourraient plus brandir « l'inéluctabilité de l'Histoire » pour justifier leurs inactions.

À la fonte des neiges, en mai 2020, le personnel administratif avait autorisé la sortie. La quarantaine (« confinement », en langage managérial) avait été levée. Avec du Lac, on avait escaladé les Grandes Jorasses par la face nord puis on était montés au sommet de l'aiguille d'Étretat. Tout s'était déroulé conformément au plan élaboré dans le refuge italien quelques mois auparavant. Notre ami Philibert Humm nous avait déposés en canot au pied du monolithe. On avait grimpé sur le calcaire à silex. Au sommet, j'avais déclamé un texte devant les mouettes. Les falaises de craie réverbéraient leur éclat. Là aussi, régnait le Blanc, sa substance magique, son appel au rêve. On était descendus en rappel, on avait regagné la côte à la nage sans se faire prendre par les gendarmes. Ils étaient occupés à contrôler les baigneurs sur la plage.

Puis j'étais parti en Arménie où le Turc se livrait à son occupation : effacer les gens. Puis j'avais été invité en Guyane à suivre les stages de survie des légionnaires. Des Hongrois formaient des Moldo-Valaques à l'art de plumer le toucan sous les palétuviers. Chaque scène ressemblait à un poème de René de Obaldia. Puis du Lac avait dit : « Il nous reste du chemin » et nous nous retrouvions en ce matin du 8 mars, à Sils-Maria, pour achever la traversée des Alpes. Rémoville était persuadé qu'on arriverait à Trieste cette année. « Retour en Engadine » sonnait comme un titre de roman anglais.

Le cinquante-troisième jour, 8 mars

De Sils-Maria au refuge non gardé Chamanna da Tschierva
par le col du Chapütschin,
13 kilomètres et 1 100 mètres de montée.

Une auberge dans Sils-Maria. Nous faisions les sacs dans la chambre fleurie. On séjournerait un mois dans la montagne. Du Lac et Rémoville portaient seize kilos. Ayant le dos blessé, je n'en prenais que dix. Il y avait une fierté à étaler sur le lit notre exacte panoplie : le piolet, les peaux de phoque, les cordes, les crampons, les couteaux à glace, les masques de ski, le réchaud, le duvet, la boussole et les cartes.

En ville, je vivais enseveli sous les *choses*. Mes placards dégueulaient de breloques produites par la manufacture chinoise. Le mercantilisme global poussait à remplacer sans cesse les menus objets de nos vies, de plus en plus laids, de moins en moins solides. La Terre ne digérait plus la cataracte de déchets. La beauté antique disait : assez ! La pub hurlait : encore ! Les gouvernements croassaient : croissance ! Nos villes ressemblaient à des déversoirs. Parfois, visitant une abbaye, nous étions étreints par un sentiment de luxe dont nous mettions quelques secondes à comprendre qu'il provenait du vide.

Au moins le raid à ski poussait-il à la vertu : on se débarrasse de tout. On gardait de quoi se vêtir, s'orienter, chauffer de l'eau, lire, écrire. Un stylo, un couteau, du feu, du papier, une lampe. J'avais une anthologie d'une centaine de poèmes. On les lirait, on les apprendrait, cela suffirait.

Omnia mea mecum porto : « Je porte tout ce que je possède », préconisait Cicéron, c'est-à-dire les pensées, les rêves et les souvenirs : vrai poids de l'homme. On pouvait lire l'aphorisme au premier degré. Et l'appliquer à la logistique matérielle de la vie. Si l'on serrait l'intégralité de ses possessions dans un petit sac, on acquérait la légèreté, premier pas vers l'autonomie qui mène à l'indépendance, autre nom de la liberté.

Assis sur le lit, je regardais mon sac, sanglé net. Ma vie en dix kilos. Avec cela, je pouvais courir la montagne. En rentrant chez moi, à Paris, je retrouverais mes fonds de cale débordants. Une partie de ma vie consistait à m'occuper d'objets, à en acquérir davantage.

On gagna le col du Chapütschin à 3 200 mètres, première porte d'un corridor d'un mois qui nous mènerait de crêtes en vallons. Nous quittions le domaine skiable. Laissant derrière nous l'« aménagement du territoire », nous entrâmes dans le Blanc. Pendant des semaines, nous opposerions la patience à l'effort, la lenteur à l'immense, le silence à la beauté. Pour l'instant, il ne s'agissait pas de faire des phrases mais de descendre en rappel un raidillon avant de chausser les skis pour gagner le glacier et longer deux talus de moraines rabotées par le vent et peignées de ruissellements.

Le soleil frappait les scories, la poussière se teintait de reflets vert jaspe. Sur un promontoire à 2 600 mètres s'avançait une saillie de roche nue. La salle d'hiver du refuge Chamanna da Tschierva nous procura un abri solitaire.

À peine les skis rangés, le thé à la violette chauffait sur le réchaud de du Lac. L'alpinisme : alternance quotidienne entre la vie de sportif et la vie de vieille dame.

Le cinquante-quatrième jour

De Tschierva à l'hospice du col de la Bernina par deux cols, 10 kilomètres et 800 mètres de montée.

Pourquoi l'homme avait-il attendu si longtemps pour grimper les montagnes ? Techniquement un Grec antique aurait pu escalader le mont Blanc. Quand on élève le Parthénon, n'est-on pas capable de fabriquer une paire de crampons ? Pourquoi avait-il fallu attendre la Renaissance et les Lumières ? L'empêchement avait été moral plus que technique. Le difficile n'avait point consisté à atteindre le sommet mais à s'octroyer le *droit* de le faire. Quand les montagnes symbolisaient les temples, on n'allait pas y voir. À la Renaissance, l'homme décida de n'avoir plus peur d'un monde dont il occupait le faîte. Il escalada le mont Aiguille en 1492. Puis on tua Dieu. Une fois Dieu mort, l'homme pouvait monter. Ce fut l'alpinisme moderne.

Il était huit heures du matin, nous étions déjà au col de Fuorcla Tschierva et il faisait -14°. La vue portait sur la chaîne des Grisons. Une dorsale blanche, cabrée de mouvements bleus, filait vers le nord-est. Cette géographie de pointes et de gouffres avait-elle forgé la doctrine morale austro-hongroise ? Le piton appelait le château, le défilé commandait le rempart, la gorge annonçait le verrou, le col suggérait l'alliance, la vallée encourageait la prospérité. Au loin, les forêts inspiraient des mythologies sombres, les crêtes convoquaient des philosophies tranchées. Le tout dans l'azur avec nuages rococo-boudinés. Et si le Saint-Empire incarnait la forme politique de cette géomorphologie ?

Ce genre de considération aurait été désavoué par mes professeurs de géographie, il y a trente ans, à l'université. Ils conspuaient le « déterminisme », récusaient l'explication des effets humains par les causes physiques. Non ! disaient-ils, la neige ne favorise pas la hauteur morale. Pourtant, j'aimais croire que nous étions les fils de nos paysages et que le monde influait au moins sur nos imaginaires. Sur le col de Fuorcla Tschierva, je rêvais aux robes de Sissi davantage qu'au serpent à plumes des carnavals mexicains. J'étais l'enfant du paysage. Paternité nombreuse : j'en traversais beaucoup.

Je pensais aux impératrices. Du Lac testait les corniches. La technique d'assurage consistait à planter des skis dans une banquette de neige glacée et à encorder notre ami à ce corps mort. La neige tenait bon, on descendit. Puis on força un ressaut de glace à 52° où Rémoville m'assura à la longue corde.

Les skis coupèrent les nappes avant de racler des plaques. Le sirocco de l'avant-veille avait déposé le sable du Sahara. Des coulées de neige jaune et de boue striaient les pentes. Nous perdîmes de l'altitude dans ce chaos jusqu'à la station de Morteratsch, remplie de Suisses sages. Les couples allaient à ski de fond d'une auberge de bois à un chalet fleuri.

Nous rejoignîmes la halte de Bernina Suot en train à crémaillère et dinâmes dans l'auberge ferroviaire avec Albana. Elle était montée de Sils-Maria en automobile. Elle voulait nous embrasser parce qu'elle aimait les voyageurs et leurs ombres revenus dans l'Engadine. Ancienne aide-gardienne du refuge Adula, elle nous avait recueillis l'année d'avant à Sils-Maria. Comme sa mère et ses sœurs, elle avait été championne suisse de ski. Elle descendait d'une dynastie de descendeurs. À quatre-vingts ans, elle promenait sa silhouette affûtée par le soleil sur les pentes de Silvaplana, avalant chaque jour sa ration de dénivelé. « Demain, je grimpe 1 000 mètres » ! Je l'appelais « la grande duchesse du planter de bâton » parce que cela la faisait rire et plisser ses yeux baltiques. Elle dit : « J'ai passé mon permis moto cette année pour piloter ma BMW 850 GS. »

Seules les vieilles dames de Sils-Maria prononcent des phrases pareilles.

Le cinquante-cinquième jour

De Bernina Suot à Livigno par l'épaule du Piz la Stretta,
15 kilomètres et 1 000 mètres de montée.

Salaisons et œufs de la ferme : les petits déjeuners suisses ressemblent à des dîners de troupes. Albana chaussa ses skis et fila plein ouest. Nous partîmes à l'opposé, vers le col de Stretta, par un vallon fouetté de vieilles avalanches. Elles avaient charrié des grumeaux gros comme des tonneaux. À la lisière des mélèzes, décollaient les bartavelles : plumes de miel, branches blondes.

Après deux cols, s'avança le balcon surplombant Livigno. C'était une course sauvage. Le vent, la forêt, le vide et le soleil : nous glissions dans les motifs du merveilleux. Tout voyage tisse son héraldique. Entre deux vallées, la nôtre était de cristal et d'azur. Le monde scintillait, l'air était pur, les arbres à leurs postes, le silence sur la neige. Nous tracions dans l'immobile. Au XIIe siècle, les chevaliers traversaient ainsi les forêts des contes arthuriens, neige en moins. Ils chevauchaient en plein surnaturel, cherchant l'amour et la prouesse. Aragon dans « Brocéliande » : « Ma mémoire est un chant sans appoggiature / Un manège qui tourne avec ses chevaliers / Et le reflet qu'il moud vient du cycle d'Arthur. » Dans la forêt, les héros assistaient au miracle. Le monde réel se métamorphosait. Apparaissait une blanche biche. Passait une belle dame. Elle franchissait un pont. Nos flâneries n'avaient pas ces magies. Les dragons n'existent plus dans les siècles de machines. À moins que ce ne soient eux les machines.

Le « merveilleux » – expression du divin dans la manifestation du vivant, reflet spirituel des éclats du réel – émanait encore. Dans la forêt, il suffisait de plisser les yeux. Les mousses des mélèzes se muaient en chevelures balancées dans le vent. « Nous appelons merveilles les phénomènes qui échappent à notre compréhension bien qu'ils soient naturels » (Gervais de Tilbury dans *Otia Imperialia*). Cette définition nous convenait : le merveilleux était une apparition plausible. Non une chimère.

Nous fûmes à Livigno, en Italie : vallée frontalière et zone franche commerciale. Les Suisses déboulaient ici pour acheter l'alcool détaxé. Les skis sur le dos, nous longeâmes une enfilade de détaillants : l'empire du discount. Les vitrines hurlaient de laideur. La folie marchande était grotesque. La pub suintait sa méchanceté. Les dieux s'étaient retirés, provisoirement. Ils n'étaient pas loin. Demain, on retournerait dans la forêt.

Le cinquante-sixième jour

De Livigno au col d'Eira en automobile,
puis du col au lac de San Giacomo par le val Trela,
puis du lac à l'Ofenpass par le val Mora et deux cols,
26 kilomètres et 900 mètres de montée.

Pourquoi ces journées de traces blanches nous paraissaient-elles miraculeuses ?

— Parce que nous allons dans la beauté, dit du Lac.

— Parce que nous avons la liberté sur la montagne, dit Rémoville.

— Parce que nous ne visons pas trop loin, dis-je.

Le principe du nomadisme historique recommande de ne jamais penser à l'étape finale. À l'immensité, mieux vaut opposer mesure que vitesse. Ainsi le cavalier des steppes ne se projette-t-il pas au-delà du campement du soir. Il traverse l'Empire par courtes étapes. Il n'est pas tendu vers la ligne d'arrivée. Ambition modeste, effort répété, joie de l'accomplissement, triomphe de l'obstination, sectionnement de l'itinéraire : c'est la gloire du mouvement. Au pied d'une montagne, on a intérêt à tronçonner ses ambitions. On visera le prochain bloc, le suivant, un autre, puis la combe. Alors, de minuscules victoires en petites longueurs, on sera au sommet.

Nous avions appliqué cette tactique. Il ne s'agissait plus de « franchir les Alpes jusqu'à Trieste » mais de gagner la halte.

Ce matin, le vallon était un jardin. Nous suivions les traces des bêtes. Elles traversaient les ruisseaux, remontaient les pentes. Nous rejoignions une nef de neige laquée sous les sapins. On avançait comme les chasseurs de Finlande : légers dans le silence. Nous débusquâmes un cerf flanqué de sa suite. Les biches froissèrent les buissons et regagnèrent le couvert, calmes, hiératiques et droites, comme détachées d'une frise médiévale. Leurs têtes immobiles surnageaient de la traînée de leur vitesse. Nous étions plus gras que le cerf et malhabiles avec cela, et moins galamment accompagnés.

La neige avait libéré le lit des torrents. L'eau coulait sur les gravillons. Remontant un cours d'eau nous abordâmes au plateau baptisé « les confins » sur la carte. Du Lac traversa le replat à la boussole vers un cirque crénelé. Le calcaire hérissait ses dorsales blanc cassé sur les sommets. Le vent décapait les rochers. Nous coupions des flancs à plus de 45°. Le versant croulant sous les neiges de la semaine semblait prêt à s'effondrer. Aucun de nous trois n'osa dire que le passage était effrayant car la vue était douce. La forêt gagnait sur les rondeurs. Mais la blancheur est dangereuse. On se pâme devant elle. Si ça craque, on est mort.

Neuf heures qu'on s'était mis en route. La fatigue diffusait en nous son fatalisme. On en était arrivés à accepter l'éventualité de l'avalanche.

Nous avions passé la journée dans l'enchantement d'une

lumière filtrée par ses propres paillettes, nous avions traversé les formes les plus pures. Si nous sommes les fils de nos paysages, c'est par l'effet d'infusion dû aux longs séjours dans les salles du musée : crêtes, forêts, hautes selles. Entre le monde des hommes et le monde des aigles il y a cette bande d'altitude où nous glissions : lisières, plateaux et combes chaudes, alpages et vallons suspendus. Hergé avait génialement baptisé du nom de Bordurie un pays des marges slaves. Les Grecs antiques donnaient le nom d'*Eschatiai* à ces espaces relégués d'où émane une radiation magique. Les bergers y menaient les bêtes. Démons et esprits y tenaient leurs quartiers. Une rencontre n'y était pas rare. Un faune? Un dieu? J'appelais ces lieux l'« interstice ». Ils étaient les portes du Blanc. On y vivait un rêve. Toutes ouvraient sur la substance.

Le cinquante-septième jour

De l'Ofenpass au hameau de S-charl,
13 kilomètres et 300 mètres de montée.

Ils étaient noirs, les bois de l'Ofenpass. Le soleil perçait les pins. Nous glissions sur des ombres bleues. Nous montions vers le col Funtana da S-charl, notre Bordurie.

Nous traversions les rais de lumière décochés du ciel. Les skis raclaient la glace entre les troncs. À l'auberge du col, il y avait eu un coucou verni. Il avait craché sa ponctualité dès le réveil, fier de proclamer l'heure pile. Cette passion pour la mesure des heures était une vertu d'administrateur d'autobus ! En raid, il fallait se fondre au temps. On mesurait l'oubli à coups de skis. Nous remontions l'espace, c'est-à-dire les heures ; l'effort marquant la scansion. Le finale de la IXe symphonie de Mahler décrivait cette fusion. Des plages de musique se rencontrent, se pénètrent : bancs de brouillard. Ils s'atomisent les uns dans les autres, tout juste audibles. La ligne mélodique subsiste à peine. Une note est maintenue, pianissimo, dans l'émulsion générale, annonçant la dissolution. La durée s'étire. Quiétude : tout s'éteint. Transparence : le temps s'efface. Reste le Blanc. C'est la paix.

Nous franchîmes le col vers les versants généreux de Saint-Charles. Nous quittâmes *l'interstice* pour regagner les fermes de la lisière, ceintes de barrières de bois. Elles commandaient de vastes auges qui me rappelaient les kolkhozes d'Asie centrale posés sur la steppe : des barrières de bois quadrillaient une vallée aplanie. À 1800 mètres, Saint-Charles, place forte des alpages, verrouillait la confluence de trois vallées. Les rivières avaient dégagé un replat idyllique qu'occupaient l'église, les maisons frappées de fresques baroques et des écuries peuplées de chevaux blonds.

Le drapeau suisse claquait dans le soir lumineux. « C'est là que je veux être », disait la croix blanche sur son fond rouge.

Le cinquante-huitième jour

Du hameau de S-charl au village de Clusio
puis à Saint-Valentin par le col de Sesvenna,
22 kilomètres et 1 100 mètres de montée.

À six heures du matin, nous partîmes pour notre séance de dissolution. La frontière longeait les crêtes. Nous basculâmes de Suisse en Italie. Nous montions dans l'aube fraîche vers le col de Sesvenna.

L'écrivain Adalbert Stifter décrit ainsi la jeunesse du matin : « Gorgés des rumeurs et des flots de sève montante de leur jeune vie à peine commencée, les jeunes gens escaladaient la pente entre les arbres, parmi les chants de rossignols. »

J'aimais cette première phrase de *L'Homme sans postérité*. Mais notre matinée n'eut rien de la joie cliquetante de Stifter. J'avais appris la veille la mort du frère de mon ami O. F. La montagne confirmait cette loi : elle reflète nos états. Ce matin, l'Engadine était un catafalque que la neige drapait. Des freux croassaient dans les conifères. Le schiste affleurait tristement. Je skiais avec mes morts. Mallarmé avait truffé ses poèmes de visions de neige en deuil : « la blancheur sanglotante des lys », les « crépuscules blancs ».

En bas, je laissais les miens, avec la peste pulmonaire, l'encerclement digital, les paniques publiques, les huis clos privés et les haines recuites. Partir était-il une lâcheté ? Dans le Blanc, nous semions toute tristesse, la laissant aux nôtres qui n'avaient pas abandonné le poste. Nous ensevelissions la mort dans le linceul de la beauté[1]. Cette fuite n'avait rien de noble. Mais comment résister à l'appel des échappées ?

La litanie roula. Garde montante, garde descendante : la forêt de bronze, la glace rapide, le col comme une étroite selle sur la roche, à nouveau la glace, à nouveau la forêt. Un vallon débouchait sur la vallée du Haut-Adige. Du ressaut, la vue portait sur la pédiplaine italienne. La municipalité avait installé un banc de bois sous un mélèze protecteur. Nous prîmes place, le temps de griller un Toscano dur comme un chicot. Nous étions au balcon du Haut-Adige. Dans ce vieux couloir tectonique, les richesses, les langues et les troupes avaient circulé. On y parlait des langues germaniques. Les Autrichiens appelaient le Haut-Adige « Tyrol du Sud ».

Ce banc était un symbole des âges. Une communauté villageoise s'était cotisée pour le sceller à l'usage des passants capables de contempler une géométrie de champs cultivés balayés de lumière.

— Un banc public c'est un bien public, dit Rémoville.

— Le banc possède son symbole inversé : la trottinette pour adulte. Elle préempte l'espace public au nom de l'intérêt personnel. Mobile, hideuse, individuelle : moderne.

1. « J'ensevelis la mort dans le linceul de la gloire », *Les Mots*, Jean-Paul Sartre.

— Oui mais un banc ne mène nulle part, dit du Lac.

Aucun de nous n'avait encore cinquante ans. Et voilà que, déjà, nous tenions des conversations de vieux messieurs assis sur un banc, devant les nuages. On gagna Clusio à pied par les chemins agricoles. Clusio, ses églises colorées, ses Vierges de bois, ses bancs publics.

Le cinquante-neuvième jour

Du village de Saint-Valentin au hameau de Melago en automobile. De Melago au refuge non gardé Hochjoch par le col du Weisskugel, 20 kilomètres et 1700 mètres de montée.

Le Blanc ne variait pas. Nous allions dans le stable et l'homogène. Passaient les paysages, demeurait la substance. Chaque matin, reprise du chemin. Et chaque soir, gestes de la soupe, du feu, et du châlit. Nous nous couchions sans rien demander d'autre que de recommencer.

Là est le luxe du raid. Ailleurs, la mise sous presse de l'homme. Vitesse, variété, intensité : un jour, nous rentrerions chez nous. Alors, l'ordre technique nous assénerait ses impératifs. Nous serions réactifs, agiles, adaptés. Nous redeviendrions les laquais de nos terminaux cybernétiques. Confort, docilité, excitation : le pacte des villes. Peur, lutte et joie : le pacte des montagnes.

Dans le Blanc, nous n'avions pas honte d'être lourds, lents, silencieux, n'enlevant pas plus de 20 kilomètres par jour. Pensées calmes, gestes simples, désirs réduits : attention maximale.

Géomètre était un métier. Nos deux planches raclaient la Terre. Dans ce voyage, nous mesurions ce qu'il fallait d'effort pour un seul kilomètre. Il ne s'agissait pas de *vaincre* les montagnes mais de les *arpenter* : les gravir, y ramper, les descendre précautionneusement.

Pour le nomade global du XXIe siècle, le chic est de passer le lundi à Brighton et le vendredi à Cancún. Entre les deux, *hub* et *duty free*. La révolution cyber-turbo nous avait transformés en toupies. Pour l'homme mondial, la distance ne voulait rien dire. Avec un baril de pétrole à trente dollars, on pouvait vivre partout. Il y avait là un danger : s'enfermer dans l'esprit d'ouverture. Au moins, chez l'homme pressé de Paul Morand, le déplacement fondait-il une esthétique. Ses bolides étaient beaux. Sa classe donnait forme à l'agitation. Les futuristes l'avaient senti en 1920. Ils avaient fait de la vitesse un art.

Notre civilisation techno avait remplacé l'espace par une topographie de l'échange : place boursière, cloud cyber, flux tendu. La mobilité perpétuelle avait été instituée en principe. L'économie moderne orchestrait la valse du container. La valeur de la chose résidait dans son échange plus que dans sa nature. La loi du marché était une loi de la mise en marche.

Mais lorsque 50 mètres de dénivelé demandent un effort insurmontable, les notions de « Terre rétrécie », d'« espace universel » et de « village global » sonnent absurdement. Pour l'alpiniste, la Terre n'est pas un marché ouvert aux courants d'air. Quand on trime pour gagner 15 mètres sous un bombement de glace, on ne se sent pas du tout un « citoyen du monde ». On ne pense pas en « flux continentaux » dans un couloir à 55°. La géographie revient à sa vérité : l'obstacle.

Un alpiniste peut mourir d'épuisement à 100 mètres d'un refuge. Kurosawa en avait fait la scène d'un film. Voilà qui rétablit la valeur de l'espace. « Non! disait la Terre. Je ne suis pas une plate-forme abstraite! Je suis un labyrinthe bien réel. Ma géographie n'est pas chose mentale! Il faut souffrir pour me passer dessus. »

Je regardais Rémoville enlever les derniers mètres. Dans quelques semaines, le même homme jouerait avec des écritures algébriques, imaginant des stratégies pour les entreprises mondiales. Ses décisions rebondiraient en temps réel sur des places financières à 10 000 kilomètres de chez lui. Il interviendrait aux antipodes sans même se lever de sa table de travail. Ici, il retournait à la physique non abolie. La pesanteur pesait. Il y avait des frottements. Un mètre était un mètre. Chacun lui coûtait. Un faux pas l'eût emporté.

Dans mon sac, j'avais une histoire abrégée des Habsbourg (édition de poche, auteur hongrois, 150 grammes). Charles Quint avait rêvé à l'unité de son royaume. Pour cimenter les Maisons royales et fixer ses frontières, il avait sillonné son empire à cheval. Il avait fait don de sa personne à la géographie pour inventer l'Histoire. Charles Quint, racleur de piste, faiseur d'empire, prince en mouvement, roi du terrain.

De Melago, on mit sept heures à monter les 1 300 mètres de dénivellation, par le glacier, jusqu'au col du Weisskugel. Le thermomètre affichait -17°. Le vent dépassait 80 à l'heure, ce qui n'invitait pas à la conversation sur les Habsbourg. Le col marquait la frontière. Chassés par les rafales, nous plongeâmes vers l'Autriche, aussitôt retirées les peaux de phoque. À 2400 mètres, les -11 °C de l'air ambiant nous réchauffèrent. Le refuge Hochjoch aux volets blanc et rouge était construit sur un épanchement de blocs. Nous peinâmes à l'atteindre, coupant des talus d'éboulements. Nous prîmes nos quartiers dans la salle d'hiver. Comme chaque jour, nous étions les seuls occupants de l'abri. On batailla avec le poêle pour faire monter la température. On obtint 14 °C : un délice.

La flambée, le poêle, la soupe : nos conquêtes. La vie se resserrait autour de plaisirs proportionnés à leur nécessité absolue. Le raid instituait une théorie de la relativité. La cessation de la tempête, le comblement d'un manque procurent des voluptés plus précieuses que les plaisirs sophistiqués. Autrement dit : avoir chaud quand on a eu froid est plus jouissif que manger des perles à la truffe dans un jacuzzi de champagne.

Le soixantième jour

Du refuge non gardé Hochjoch au refuge non gardé de Breslauer par le défilé de Rofen, 8 kilomètres et 800 mètres de montée.

Ce jour-là, je mis au point un système de notation de la journée fondé sur le degré de douleur, d'angoisse et de fatigue dont l'acronyme donnait DAF et dont les valeurs s'échelonnaient entre 0 et 5. Chaque soir nous comparions nos DAF. Aujourd'hui le mien donnait 022. L'angoisse s'éleva à 2 parce que nous longeâmes un défilé sur le chemin d'été, tracé dans la falaise de la rive gauche, à 100 mètres au-dessus du ruisseau. Les stalactites ruisselant sur la paroi nous rejetaient vers le vide. Parfois, un ski crevait le rebord de la corniche. Nous skiions en équilibre, retenus par les seules pointes du couteau du ski amont. C'était un défilé de la mort et je peinai à enlever ces 3 kilomètres. Je versais dans le précipice, car les séquelles de mon accident m'empêchaient de me gainer.

Du Lac suivit des traces de chamois pour sortir du vallon. L'instinct des bêtes avait trouvé passage entre les avalanches. « Là où le chamois passe, la montagne tient. » C'était l'intuition de du Lac. On aurait dit un proverbe chinois.

Le soixante et unième jour

Du refuge de Breslauer au refuge de Breslauer,
1,5 kilomètre de distance aller-retour,
200 mètres de montée, 8 heures d'efforts.

Aujourd'hui, 253. La douleur, ce furent les -13 °C dans 80 à l'heure de vent. La fatigue, les huit heures nécessaires à parcourir un kilomètre et demi. L'angoisse, ce fut l'avalanche et la retraite dans les rafales. Pourquoi avoir quitté le refuge ce matin ? Pourquoi sortir de sa chambre ?

Un glacier perché à 3 100 mètres nous séparait de Sölden. Nous ne l'atteignîmes même pas. Les accumulations de neige annulaient tout espoir. Du Lac força comme un zek dans la profonde, ne voulant pas entendre parler du demi-tour. On s'acharna. Nous nous engagions l'un après l'autre sur les pentes, gagnant à peine 200 mètres de distance à l'heure. Parfois la couche s'affaissait sous nos pieds, dans un bruit sourd. Ce vibrato était le signe avant-coureur de l'avalanche. Je l'appelais « le de profundis de la neige ». Nous nous arrêtions, pétrifiés, nous attendions le pire. Rien ne craquait. On repartait.

Trois fois la couche étouffa son soupir. Trois fois la pente se maintint. On s'abrita derrière les rochers, encordés. La neige ruisselait le long des parois. Nous avancions l'un après l'autre entre les blocs derrière lesquels du Lac se figurait trouver protection.

Soudain, la déchirure : la pente cédait. Du Lac fut emporté. L'avalanche descendait vers les falaises, 100 mètres plus bas. La corde se tendit à 20 mètres, autour du saillant de granit où nous l'avions passée. Du Lac surnagea, la neige continua à couler et l'assurage tint bon. La plaque avait emporté le versant, dérobant la neige sous nos skis. Rémoville et moi nous trouvions suspendus au petit croc de granit, emmêlés dans nos skis. Nous mîmes du temps à nous regrouper.

Du Lac voulut repartir. On essaya de le dissuader. Il s'obstinait. On repartit.

Ainsi, de bloc en bloc, nous opiniâtrant vers le naufrage, nous suivions notre ami. De forçat, il devint forcené. À chaque bloc, nous construisions un relais de corde pour l'assurage. Les heures filaient. En dessous, les pentes. Au-dessus, la tempête. Du Lac grimpa un couloir à 45°. Et nous hissa jusqu'à lui, accroché à un bloc. Le vent forcit. Il se résigna à renoncer. Nous avions enlevé 750 mètres en quatre heures. Il en fallut autant pour regagner le refuge.

Mes camarades étaient deux spectres blancs. Nous répétions les opérations : grimper les rochers, fixer un relais, avaler la corde, rechausser les skis, repartir. Il y eut des craquements. La visibilité ne dépassait pas 10 mètres. Soudain, la porte du refuge fut devant moi. Je la poussai en me promettant de me souvenir à jamais de ce moment où ma main saisit la poignée de la porte du paradis.

Le soixante-deuxième jour

Du refuge de Breslauer à Sölden,
5 kilomètres de descente, puis en auto sur la route.

En cette saison, personne ne montait dans les refuges-bivouacs. Nous étions seuls à veiller. Le vent avait donné ses coups de boutoir toute la nuit. Nous avions chaud, nous étions heureux. J'avais lu mon histoire des Habsbourg. Elle racontait le rêve d'unité impossible entre les rois d'Europe, les catholiques et les protestants, les Espagnols et les Autrichiens. Ce rêve avait été porté par Charles Quint, cravachant de l'un à l'autre bout de son empire, tentant de lier l'irréconciliable et de tenir les tectoniques. Ces princes autrichiens, satrapes hongrois et rois ibériques s'unissaient dans un seul cas. Quand apparaissait à la frontière le massacreur à turban qui s'était donné depuis son arrivée des steppes la mission de forcer le rempart des Balkans. L'amitié, c'est d'avoir un ennemi commun.

La retraite de la veille nous avait découragés. Au matin, nous skiâmes vers le fond de la vallée où nous pouvions attraper un bus vers la station de Sölden. On contournait le massif de Wildspitz. On reprendrait le fil vers le refuge de Siegerlandhütte et le Brenner, plus loin.

Ce matin les rafales électrisaient un ciel bleu. Le vent arrachait la poudre des pentes et l'atmosphère se chargeait d'or. L'air sentait la lumière, les pentes pétillaient. Aux championnats du monde de patinage artistique, j'avais vu chatoyer le maillot inégalable de la Russe Alina Zagitova. La nature aussi possède sa part de kitsch. Rémoville tentait de prendre en photo le scintillement. Mais l'appareil ne parvenait pas à capter le phénomène. La technologie ne saisit pas la magie. Pour cela, il y a les peintres.

Derrière le poudroiement, vibrait le massif de l'Ötztal. Là-bas, en 1990, des promeneurs avaient découvert une momie de trois mille ans. Le petit chasseur-cueilleur néolithique était venu mourir sur le glacier, blessé par une flèche ennemie. Conservé dans sa gangue, il était parvenu jusqu'à nous pour nous raconter l'histoire d'un chasseur-cueilleur. Il était mort en cavale après une vie de chasses libres sur les arêtes. On lui avait donné le nom d'Ötzi. Fort classe avec cela : cuir, peaux et mocassins. Ötzi, modèle du raid.

Du soixante-troisième au soixante-septième jour

À Sölden pendant deux jours puis liaison
vers Siegerlandhütte et séjour là-bas,
12 kilomètres et 1 400 mètres de montée.

À Sölden, nous avions repris nos forces dans une auberge à la façade frappée d'une Vierge baroque. Le pays renforçait ses quarantaines sanitaires. Masques, tests, assignations à résidence, attestations : toute la kermesse de la sécrétion salivaire recommençait. Mon beau voyage hélas était loin de sa fin et je ne voulais pas qu'un flic teutonique m'empêchât de passer les cols bleus au nom de la lutte contre la toux.

La taulière autrichienne, âgée de soixante-dix ans, nous avait accueillis la veille avec un verre d'alcool. « Pas Covid grâce à schnaps », avait-elle dit. Elle ne semblait pas intéressée par le contrôle de ses semblables et ne s'était jamais préoccupée de nos certificats pulmonaires. Depuis un an, l'humanité se divisait en deux catégories. Certains hommes se passionnaient pour le postillon global. D'autres s'en contrefichaient. Notre nouvelle amie était de ceux-là. Nous rechaussâmes les skis à sept heures du matin, direction la forêt. Derrière l'orée, nous ne serions pas contrôlés.

Maintenir le mouvement permettait d'échapper aux administrations. Partir est la réponse à tout problème. « Jamais deux nuits au même endroit » : principe de liberté.

Nous étions des garçons bien élevés mais ce n'était pas à des ronds-de-cuir en chemise de décider de nos promenades. Plutôt qu'additionner nos voix aux protestations contre le nouvel ordre sanitaire, nous nous en soustrayions. En termes de contestation de l'autorité, je m'intéressais à l'escamotage davantage qu'au sabotage. Dans le second cas on justifiait le recrutement de gendarmes mobiles, dans le premier on disparaissait de la matrice. L'État, perdant des sujets à surveiller, perdait de sa puissance. Refuzkniks de tous les pays, éclipsez-vous !

Nous enlevâmes les 1500 mètres de dénivelé du vallon de Siegerland. D'abord les pentes s'élevaient dans une forêt glacée. Des harpes d'or tombaient des feuillages. Nous montions entre les rochers moussus, recouverts d'orgues de glace. C'était un paysage de contes d'Andersen pour nains de la forêt et princesse enfermée dans une cabane. Puis on gagna le vallon perché, semé de fermes sombres et de chapelles miniatures. Le monde était mauve, le froid intense. La montagne autrichienne semblait une marqueterie sertie de motifs parfaits. Un oratoire édifié sur un piton témoignait de la minutie humaine. Plus loin, la forêt serrait ses sapins vernis. La lisière bordait un vallon bleu. Les faces de granit surplombaient les courbes blanches. Les lignes claires limitaient les ombres. Le givre plâtrait les parois. Les crêtes fermaient la vallée. Un ciel d'acrylique coiffait le tout. Le paysage répondait à son principe de distinction, de hiérarchie, de pureté. Cette franchise des formes avait inspiré les affichistes des années 1930. La montagne était en soi une fabrique « art nouveau ». Entre les deux guerres, la production avait été intense de ces imageries de skieuses à pull rouge pointant leurs seins devant des arêtes nettes.

Politiquement, il était étrange que les esprits éveillés ne se fussent pas plus tôt insurgés contre la symbolique du paysage de montagne. La verticalité constituait une critique de la théorie égalitaire. La hiérarchie structurait les formes. Chaque élément du relief jouxtait l'autre, ourlé d'un cerne. L'orée bordait l'alpage, la rognure le glacier. La très nette distinction des ensembles contredisait *l'esprit d'ouverture.*

La tempête s'abattit au moment où partait le poêle. Nous fûmes consignés deux jours entiers dans le minuscule refuge d'hiver de Siegerland. Cette fois c'était le ciel qui ordonnait la quarantaine et non l'autorité administrative. Nous obéissions de meilleure grâce aux directives quand elles émanaient de la météorologie. La légitimité du vent est incontestable à -23 °C. À la table de bois, réussissant à maintenir 12° positifs, nous bûmes des litres d'eau chaude. La vie intense.

Rémoville apprenait un poème, du Lac faisait ses calculs de franchissement du Brenner. J'écrivis une nouvelle sur le thème de la lutte contre « l'inégalité des territoires ».

ÉGALITÉ – ÉGALITÉ – ÉGALITÉ

Quand Roberta Pistolero, ministre de l'Égalité des territoires, relut à haute voix son discours, une larme lui perla au coin de l'œil. Elle avait fait de son ministère une machine au service de la nouvelle devise de l'État français adoptée par le Parlement en 2050 :

Égalité – Égalité – Égalité

Le ministère s'était illustré au début du triennat de 2053 en obtenant le changement du nom du point culminant de la France. Le mont Blanc rassemblait, par le genre et la couleur, les caractéristiques de l'ancienne domination. Roberta avait agi. On appelait désormais la montagne « Ze Mount ». Cela ne suffisait pas. Le relief tout entier insultait les valeurs de la République. La tectonique avait haussé des montagnes au-dessus des plaines ! Des flèches de granit s'élevaient au ciel, vision hideuse. Les forces rétrogrades ne s'y étaient pas trompées : jadis, les ultras plantaient des croix sur ces piédestaux. La ministre avait obtenu l'interdiction de l'alpinisme, pratique qui exaltait le sentiment de la domination morale par la réalité de la domination physique.

Que des sommets affichent 4000 mètres d'altitude là où la Camargue ne dépassait pas l'encolure d'un taureau, que les Alpilles narguent la Crau, que le mont Ventoux couvre la Drôme n'était pas acceptable. En Auvergne des formations volcaniques comme la Dent de la Rancune affichaient des formes phalliques. La géomorphologie méritait l'expiation. Roberta avait décidé d'accélérer la réforme des formes. Il s'agissait de réfléchir à présent au nivellement réel des montagnes. La ligne bleue des Vosges serait ramenée à l'horizon de la mer. On dynamiterait les éminences. Les unités des sapeurs de la Légion raboteraient les sommets. L'arasement national nécessiterait l'emploi de charges nucléaires. La Géographie n'échapperait pas à la marche de l'Histoire.

Demain, la ministre donnerait le coup d'envoi symbolique des grands travaux de l'égalité des territoires, baptisés « Degré zéro pour un monde plus juste ». Pour lancer l'opération, on ferait sauter le mont d'Arguel, dressé à plus de 150 mètres au-dessus de la plaine de la Somme. Le tertre avait été percé, les charges placées dans les tunnels de sape, le voisinage évacué, les escadrons de pelleteuses déployés, prêts à déblayer les gravats. Roberta commanderait la mise à feu.

*

Le soleil inondait la plaine d'une lumière de fête. Sur la tribune officielle, érigée à trois kilomètres du mont d'Arguel, le président de la République salua l'ère qui s'ouvrait. Roberta prit la parole. Elle lut son réquisitoire contre « la géologie de la honte où les couches dures écrasent les couches tendres, où les vieux socles hercyniens survivent aux jeunes sédimentations, où les parois verticales canalisent les sources impétueuses ». Le monde nouveau ne saurait se développer sur un substrat immémorial. La topographie était la dernière science élitiste : on la supprimerait en abolissant son sujet. L'Histoire serait le rabot. Le paysage, l'établi. Quand le monde ressemblerait à la Beauce, l'humanité offrirait le beau spectacle d'un champ de blé au cordeau. L'histoire serait enfin finie. Elle ne repasserait pas le plat.

On applaudit beaucoup. La fanfare de la Garde républicaine entonna à la guimbarde « We Are the World » et la déflagration déchira l'air. On sursauta. Le ministre de l'Énergie douce se réveilla. L'air vibra. Les perruches vertes de la Somme cessèrent de criailler. Le président remit la capuche de son sweat, Roberta exultait. Le panache retomba, le mont d'Arguel, anomalie des temps, n'existait plus. Le ciel était sur la plaine. Entre les deux : l'horizon rectiligne, prémisse du futur.

Roberta descendit de la tribune. « Il faudra s'occuper du Mont-Saint-Michel la semaine prochaine, rêvait-elle, on évacuera cette colline mal inspirée et du même coup les dernières flèches du pays. » Elle ne vit pas le petit caillou qui roula sous la semelle de sa Louboutin. Sa garde du corps, la désarmante Sylvia Mascula, ne réussit pas à retenir sa ministre. Roberta fila son bas en s'éraflant à peine le genou.

D'un bond, elle fut debout. Réajustant sa mèche, le regard fixant le gravillon minuscule, elle murmura : « On n'y arrivera jamais, il faut couler une dalle de béton sur l'Hexagone. »

Fin

Le Brenner se refusait. Les glaciers du Tyrol du Sud créaient une masse de froid qui congelait l'atmosphère et levait les vents. Nous étions enfermés derrière une porte de glace. Les heures passaient et je lisais les aventures de Marie-Thérèse et de Frédéric II. La question habsbourgeoise : comment réconcilier l'irréconciliable ? Il avait fallu aux empereurs se persuader qu'il existait une communauté de destin entre les danseuses espagnoles, les cavaliers hongrois et les banquiers flamands. La guerre de 1914, tuant l'Empire, régla l'affaire. Le vent souffla trois jours.

Le soixante-huitième jour

De Siegerlandhütte au col du Brenner
par trois cols (Windachscharte, Schwarzwand et Freigerscharte)
puis par le val du Stubai et par la route,
17 kilomètres et 1 000 mètres de montée.

On se lassa. Un jour, Rémoville s'en retourna à Paris. Il retrouvait les siens au bout des lignes de chemin de fer austro-helvétiques. Il nous rejoindrait, plus tard, à la bordure des Dolomites pour terminer la course. Du Lac et moi avions la chance de ne pas avoir une vie de grande personne. Nous restâmes dans l'abri et, le surlendemain, tentâmes de nous approcher du Brenner. Nous franchîmes trois cols dans la journée. On s'encorda pour passer les corniches du premier. Du Lac déclencha une coulée sous ses skis, juste avant d'atteindre le second. Au-dessus de séracs turquoise, du Lac traça à travers le glacier. Le vent ne faiblissait pas. Le plateau dessinait une fleur blanche sur les cartes. Les langues de glace alimentaient les vallées du Haut-Adige et de l'Autriche. « Le réacteur du froid », dit du Lac. Vers le sud, la fourrure des forêts moussait dans la vallée, promesse de douceur. Les skis sur le dos, nous escaladâmes au piolet le couloir verglacé à 55° qui menait au troisième obstacle du jour, le col de Freigerscharte à 3 023 mètres. Là-haut, dans les rafales, je demandai à du Lac de nous extirper du piège. C'était un alpinisme trop difficile pour moi. Nous plongeâmes vers la vallée du Stubai. De là, il serait facile de trouver un véhicule pour gagner Humlerhof, sous le col du Brenner dont nous étions distants de quelques kilomètres. Nous allions sur des pentes dangereusement lourdes.

On skiait vite. Pour se donner l'illusion d'être plus rapides que les coulées. Glisser sur des pentes fragiles tendait le système nerveux. Nous rêvions de stabilité. Quand apparut le vallon planté de fermes peintes et de forêts austères nous respirions enfin : on savait que tout tiendrait.

On pouvait bâtir une théorie psycho-politique de l'avalanche. Le bonheur d'une société humaine repose sur la fixité. Les peuples, comme les individus, aiment ce qui demeure. Ni la forme des villes, ni le cycle des années, ni les habitudes du jour ne sauraient varier sans cesse. La pêche à la ligne le dimanche est peut-être la plus haute conquête d'une civilisation. « J'établis mes bases dans la montagne sainte », dit la Vierge Marie de la chapelle Notre-Dame de la Gorge, aux Contamines.

Le nouvel ordre productif a institué la permanence de l'impermanent. La requête du « changement » a fini par affoler les hommes. En quelques décennies, l'organisation globale a érigé « l'innovation » en dogme. Toujours plus, toujours différent, toujours ailleurs. De là, nécessité de vivre vite. Puisque tout se transforme, on sera toujours en retard. Alors, sous la menace de l'obsolescence, le résultat ne sera jamais satisfaisant : frustration, ressentiment, violence. La requête de la « mise à jour » numérique transposée dans le champ anthropologique fait de l'Histoire une valse musette avec substitution de cavalier à chaque mesure.

« S'adapter » est le nom que l'impuissance donne à l'action. « Sens de l'Histoire » est le nom que des dirigeants incapables donnent au mouvement qu'ils ne savent empêcher. Ainsi s'épargnent-ils la charge de veiller tendrement sur les héritages de l'Histoire.

Hugo dans *Les Rayons et les Ombres* : « que peu de temps suffit à changer toute chose ». Les empereurs Habsbourg disaient en léguant le pouvoir à leur descendance : « Veille à ce que rien ne change. » C'est une parole de montagnard, répugnant à l'incertain, craignant les avalanches qui sont à la géographie ce que les révolutions sont à l'Histoire.

L'auberge d'Humlerhof était déserte. Le Covid avait vidé les Alpes. Les patrons nous accueillirent et baissèrent pour nous le volume de la radio qui crachait ABBA. On dîna seuls dans l'immense décor de *Shining* aménagé par la vieille dame de *Psychose*.

Du soixante-neuvième au soixante et onzième jour

Du Brenner au refuge non gardé de Geraer,
5 kilomètres et 1 000 mètres de montée.
Du refuge de Geraer à une cabane du col du Pfitscherjoch
par un col, 10 kilomètres et 1 000 mètres de montée.
Du col du Pfitscherjoch au village de Lappago par deux cols
(puis vers le village de Predoi dans le val Aurina en automobile),
20 kilomètres et 1 600 mètres de montée.

Nous allions des vallons aux glaciers, des glaciers aux cols et redescendions parfois vers les alpages, plantés de granges closes. La moisson était régulière : plus de 1 000 mètres de dénivelé quotidien. L'hiver n'était pas mort ; le Tyrol n'avait pas fondu. Les Tyroliens ne s'étaient pas déchristianisés. Un col, une croix. Un chalet, un médaillon marial. Un pont, un oratoire. La Mitteleuropa continuait à représenter cette campagne réunissant le laboureur finno-ougrien, le protestant sévère et la monitrice catholique, menacés à l'est par la poussée russe, au sud par la barbarie turque et à l'ouest par l'inconséquence française. Ce centre des Empires se souvenait qu'il avait protégé la chrétienté du Turc. Budapest s'était appelé « le bouclier de l'islam » avant que le Turban soit relégué au sud des Balkans.

Lorsque j'étais enfant, alors que mes parents dirigeaient des journaux de presse quotidienne, Éva Pastor, Hongroise échappée de la prison communiste, avait vécu chez nous. Elle s'était occupée de mes sœurs et moi. Elle avait francisé son nom, ne jurait que par Liszt, cuisinait au paprika et regardait avec stupeur les petits-bourgeois français rêver du socialisme en chantant « Bella Ciao ». J'avais conservé de mon enfance une méfiance pour les *Internationales* et une tendresse mystérieuse pour les visages à larges pommettes nés dans les pusztas d'armoise. Ici, non loin de la frontière, dans ces journées d'efforts, me revenait l'image d'Éva et de ses yeux suffisamment fendus pour accueillir la steppe. Une des magies du Blanc : ramener à la mémoire les bulles de l'enfance. Définition du ski de traverse : matrice des images.

Par un vallon de neige fraîche, on monta dormir dans la cabane d'hiver de Geraer. Les poêles autrichiens tiraient à merveille, nous fendions les bûches à la hache. Le feu nous pourvoyait des nuits superbes. Il n'y avait jamais personne dans les abris. La montagne était vide. Du Lac préparait la course du lendemain. Je lisais mes chapitres sur Marie-Thérèse. Par le col d'Alpeiner Scharte et les combes de la Zamser Grund, on atteignit la frontière entre le Tyrol et le Haut-Adige où le minuscule abri du col Pfitscherjoch nous procura sa chaleur relative. En d'autres termes, nous parvînmes avec force bûches à maintenir 1 °C toute la soirée.

On regagna l'Italie bien que le pays eût fermé sa frontière. Les efforts de la bureaucratie contre la circulation des miasmes s'arrêtaient aux moraines. Au-delà d'une certaine altitude et derrière un rideau de brouillard : liberté de mouvement. Nous ne savions pas si la liberté avait un prix. Elle avait sa cartographie.

Après les dunes, d'autres dunes. C'était une traversée de caravanier saharien, une nage dans le silence. Nous craignions l'avalanche, comme les chameliers le vent de sable. Nous souffrions du froid comme eux de la soif. La différence : nous ne transportions ni pierreries, ni esclaves. Nous nous contentions de nous déplacer nous-mêmes. Comme eux, nous faisions la trace à travers une substance.

Le désert du Bédouin, la mer du marin, la neige du skieur : le sable, le bleu, le Blanc. Dans leur élément, ces voyageurs ne suivent pas des pistes mais naviguent de postes en positions, tirant des lignes dans l'abstraction. Le marin rejoint ses ports, l'alpiniste ses refuges, le caravanier ses puits. Entre les havres, l'inconnu. Dans tous les cas, un fil vers la vie, tendu en plein vide.

Ô cabanes, ô forêts : les soirées de silence s'écoulaient dans une autre étendue. Celle du temps dont le thé, le poêle, le livre, le carnet constituaient les mesures. Il fallait tenir. Trieste était loin. On parlait de l'arrivée comme d'une idée. Rien n'était gracieux dans ces jours d'abattage. Il y a quatre ans, j'avais imaginé le raid à ski comme une glissade ultra-classe dans un décor primitif. Or, depuis des jours, nous grappillions quelques pauvres dizaines de kilomètres à force d'obstination. Nous étions lourds, lents, solitaires, luttions contre le vent, la pente, le froid. Ah ça non ! ce n'était pas un ski de la gaieté mais un ski de l'effort. Mais au moins, grâce à nos peines, échappions-nous aux claustrations sanitaires. En l'année 2020, les bureaucrates du monde avaient proclamé que la prolongation de la vie humaine déterminait sa valeur. Pourquoi pas grise pourvu que longue : ainsi la vie promise !

Du col Pfitscherjoch, on gagna le col de Weisszintscharte à 3180 mètres. La géographie de ces massifs relevait de l'exercice de diction. Du Lac fit la trace au-dessus des falaises qui défendaient une gorge. Dans le vent et le brouillard, comment trouva-t-il son chemin ? Mon DAF du soir indiquait 132. L'angoisse était montée à 3 à cause des glaces à 47° au-dessus des falaises. Quand le brouillard s'ouvrit, un paysage lugubre se dévoila. Il me nouait la gorge et je fus soulagé qu'il disparaisse à nouveau. La poix descendait du ciel, étouffant les sons. Le brouillard masquait les pièges. Il me rassurait. Je me contentais de monter mètre après mètre. Presque à l'aveugle, les yeux fixés sur la trace de du Lac, je récitais les vers de mon petit recueil.

Derrière un bloc de granit noir on but un thé. On repartit. Deux heures plus tard les vents cisaillaient le col. Foehn tiède au sud d'où nous venions. Vent froid au nord où nous allions. Par -10 °C, on descendit à tâtons. La visibilité tomba. Du Lac frappait sa gamelle de son bâton pour me guider à l'oreille. À moitié sourd, je captais mal la provenance du son et filais parfois vers les barres rocheuses.

À la boussole, du Lac trouva le refuge. Contrairement aux informations recueillies au Brenner, la pièce d'hiver était cadenassée. On chercha en vain une entrée, pelletant la neige. Nous nous résolûmes à descendre encore 1000 mètres de neige épaisse vers le barrage de Lappago. Les murailles de béton apparurent sous la couche des nuages. Les installations fantomatiques verrouillaient le défilé. Le barrage avait l'allure des bases des années 1950, époque où la puissance industrielle inspirait confiance. Le progrès n'était pas encore devenu la somme des efforts entrepris pour corriger ses propres effets. On chercha une âme en vie. La station hydroélectrique était désertée.

Du soixante-douzième au soixante-quinzième jour

De Predoi à Rein, 14 kilomètres et 1 400 mètres de montée
par le col de Merbjoch à 2 839 mètres et Klammjoch (2 288 mètres).
De Rein à Anterselva di Mezzo,
11 kilomètres et 1 400 mètres de montée
par le col d'Anterselva à 2 814 mètres.
D'Anterselva di Mezzo à Harmer (San Martino),
13 kilomètres et 1 200 mètres de montée
par le col de Grübl à 2 394 mètres.
D'Harmer à Dobbiaco, 12 kilomètres et 1 500 mètres de montée
par les cols de Grubers Lenke à 2 487 mètres,
de Pfanntörl à 2 511 mètres et de Pfannhorn à 2 663 mètres.

Pendant quatre jours, de Predoi à Dobbiaco, nous filâmes plein sud, coupant les reliefs par les cols à 3 000. Sur la carte, c'était un saut de haie, par-dessus les dorsales du Tyrol du Sud orientées d'est en ouest. Chaque jour on enlevait aux massifs 1 000 mètres de pentes sages soutenues par les forêts.

En bas, les villages italiens avec des saint Christophe peints sur les églises ou des hameaux tyroliens décorés de fresques pastorales. En haut, les croix austro-hongroises plantées sur les crêtes. Entre les deux, les télécabines à l'arrêt flottant sur leur fil dans les stations vidées par la peste.

Nous montions dans l'étagement : les arbres silencieux, puis les vallons secrets, puis les glaces bleues, jusqu'à la crête. C'était un rêve où l'effort athlétique remplaçait le sommeil. La respiration était profonde. Là-haut, un paysage, tendre, blanc, fraternel. Nous redescendions, attentifs à ne pas déclencher les avalanches sur les faces sud. Le printemps avançait. L'air sentait la forêt. On entendait des claquements d'ailes. On dérangeait les bêtes qui fuyaient dans des bruissements. Après le col, suivaient quelques heures de glisse sauvage par les pentes et par les bois. Puis, à pied, on gagnait un gîte où l'on passait la soirée sur un banc à tirer sur les Toscano en lisant les aventures de Sissi chérie.

Nous franchissions la frontière plusieurs fois par jour et déboulions, selon le soir, dans un gîte tyrolien ou une auberge italienne où le taulier nous accueillait suspicieusement. L'Italie, première touchée par le virus de mars 2020, avait fort souffert de la propagation. Le gouvernement menait une politique sévère, restreignant la circulation dans les provinces intérieures. Nous nous gardions de claironner que nous venions « de l'autre côté ». La mondialisation heureuse avait abouti à cela : ne surtout pas tousser en public. Nous décampions avant l'aube.

À Predoi, les lichens pendaient aux arbres. On écartait les rideaux. À Riva di Tures, une avalanche avait emporté une ferme. À Rein, les chamois descendaient très bas, affaiblis par l'hiver. La montagne s'ébrouait, la forêt revivait. Anterselva s'appuyait contre un *bois d'amour*. Le tronc des hêtres lisses se balançait comme le cou de bêtes élastiques.

La lumière diffusait son pastel. Nous montâmes 500 mètres et les sapins prirent la relève. L'atmosphère assourdie plaquait des teintes nabis. Le fond de l'air était bleu. La neige d'or. Les sapins rougeoyaient. On en aurait mangé.

Dans ces journées de trace entre la douceur des vallées et la splendeur des cols englacés, les DAF affichaient 000. Pas de douleur sous ces cieux cléments, nulle angoisse sur les versants purs, moins de fatigue pour nos organismes trempés par les semaines de raid. Avec ses nappages, la montagne ressemblait à un palais. Le kitsch viennois s'expliquait-il par l'imitation des formes de la neige ? Sous ces moulures, on n'aurait pas été surpris de voir débouler Sissi-la-praline en traîneau. Au retour, je trouvai ce sonnet de Théophile Gautier qui fleurait bon le rococo virginal :

De leur col blanc courbant les lignes
On voit dans les contes du Nord
Sur le vieux Rhin, des femmes-cygnes
Nager en chantant près du bord[1]

Au-dessus du refuge de Roma, fermé pour raison d'infection globale, une apostrophe au voyageur sur un oratoire baroque : « Où vas-tu promeneur ? » Farci de mes lectures du soir, j'aurais aimé répondre « par l'Empire, vers les confins ». Mais le temps n'était plus à l'assemblement de peuples sous la protection d'une impératrice pâle. Jusqu'à la Première Guerre mondiale, l'empire des Habsbourg avait

1. « Symphonie en blanc majeur », *Émaux et Camées.*

repoussé ses frontières vers des limites floues où rôdait le barbare. Après 1918, en remplacement, les États-nations avaient découpé menu le territoire. L'Empire avait été un manteau rapiécé par un couturier sacré : l'empereur. La nation, elle, faisait place nette et délimitait des espaces régis par le droit. À chaque col, une borne pour la frontière. Le soir, on montrait nos papiers d'identité à un aubergiste.

Demeurait un dernier principe impérial : celui de l'ozone et de la neige. Tous les ans, de la Tinée à Trieste, l'hiver refondait son règne organique. Ses sujets le rejoignaient librement. Il fallait traverser la forêt, monter encore, ouvrir la trace dans la substance et s'approcher du ciel pour rejoindre les hauts postes du silence et de l'uniformité. L'esprit du lieu influait sur la nature humaine. On se sentait léger, solide bien que vulnérable. Pour survivre, il fallait continuer. L'altitude imposait la fuite. Vertu du mouvement, il s'alimente lui-même : on trouve en avançant les forces nécessaires à toujours avancer. Et cet impératif rendait l'esprit allègre et le corps plus tendu. On se sentait libre.

C'était cela le dernier empire : le Blanc.

Au Pfannhorn, apparurent les Dolomites. Je l'avais attendu, ce spectacle. Les cimes emplissaient l'horizon, au fur et à mesure que nous approchions du sommet. Soudain, « les montagnes de verre » de Dino Buzzati étaient là. Je les avais tant regardées dans les livres. La Marmolada, les Tre Cime, la Civetta... noms de talismans. C'étaient des stèles pour guerriers italiens. Ceux-ci avaient inventé le combat en montagne, monté des canons au sommet des aiguilles et percé des tunnels pour frapper l'ennemi. C'étaient aussi les monuments à la gloire des figures de l'alpinisme. Preuss, Messner, Cassin, Comici... Nous connaissions par cœur leurs exploits – drames et frasques.

Par la grâce des bizarreries de l'imagination, l'enfant que j'avais été devait à cette bande d'Italiens suspendus en espadrilles dans des murailles de 500 mètres de haut d'avoir un jour rêvé de bivouacs aux étoiles.

Assis sur le socle de la croix du Pfannhorn, nous restâmes près d'une heure, immobiles, devant ce songe tombé des nuages. Les sommets découpaient leurs motifs : tours, donjons, remparts, échauguettes, ruines et colonnes. Les murs étaient classiques. Les crénelures romantiques. Un château fort s'était suspendu dans le ciel, taillé pour le rêve et la musculature. Dans quelques jours, nous nous glisserions dans ce domaine de la porcelaine et de la mort !

Pour atteindre Dobbiaco il fallut deux heures de gymnastique dans une forêt de souches enfouies. On rampa sous les chablis, on franchit des mikados de racines. Grimper aux arbres avec des skis n'est pas un jeu d'enfant. On déchira nos vestes.

Rémoville, ami prodigue, avait traversé l'Italie du Nord en chemin de fer et nous attendait dans un gîte de Dobbiaco fidèle à son allure de cavalier de l'armée des Indes dont le train serait tombé en panne au pied de l'Himalaya et qui, levant le regard sur les cimes, aurait tiré la seule conclusion digne d'un Britannique : « *Well, let's go threw.* » Du Lac et moi, beaucoup moins chics, avions besoin d'une douche et de tabac.

Nous consacrâmes deux jours à préparer le dernier tronçon

de notre raid, vers la mer. Une question taraudait du Lac : devait-on choisir la route du sud à travers les Dolomites, ou bien prolonger le raid vers la Slovénie ? En d'autres termes : Venise ou Trieste ? Je disais les choses plus simplement : chez Lord Byron ou chez Paul Morand ? Dans les deux cas, la côte adriatique faisait la bordure.

Va pour le sud-est : l'usage cartographique fixait la bordure australe de l'arc alpin à Trieste. Nous longerions le nord des Dolomites, traverserions la Vénétie, les Alpes carniques, les Alpes juliennes, puis finirions par une marche sur Trieste et non pas « sur Fiume » bien que du Lac, avec son crâne chauve et ses yeux ronds, ressemblât de plus en plus à Gabriele D'Annunzio, ce que je me gardais de signaler aux guides de haute montagne italiens qui venaient chaque soir, penchés sur les cartes, nous aider à tracer notre sortie des Alpes.

Rémoville lisait les chroniques italiennes de Stendhal, vrai manuel du raid à ski. Non pas que Stendhal s'intéressât à l'alpinisme mais parce qu'il diffusait un style de vie pas étranger à l'aventure. Il se résumait à trois verbes : vouloir, décider, agir. Et vite avec cela ! « L'énergie » était l'explication de Stendhal. Il en faisait grand cas dans sa description des sociétés. Il la cherchait chez ses amis. Il la transfusait dans l'écriture. Il préférait la sensation à l'idée. À Naples, Florence et Rome, il passait ses matinées dans les églises, l'après-midi dans les jardins, le soir au théâtre, dans l'espoir d'une alcôve pour la nuit. Les journées tombaient, avec leur moisson de beauté. Comment devenir stendhalien ? Il fallait tracer son sillage entre les marques de la splendeur et les effets de la fantaisie. Glisser à la surface des choses pour les sentir profondément. Ordre du jour : tout saisir, tout aimer, se garder des théories, mépriser les idées générales, rafler les impressions particulières. Je lisais à mes amis ces lignes du journal du 19 janvier 1817 : « J'observai une fois un pâtre des chalets suisses qui passa trois heures, les bras croisés, à contempler les sommets couverts de neige du Jungfrau. Pour lui c'était une musique. »

Si nous réussissions à transposer la micro-tactique stendhalienne au raid à ski, nous fuserions à travers la Vénétie du Nord et l'ouest de la Slovénie, comme dans les galeries d'un musée, ne cherchant rien d'autre qu'à saluer les formes inertes de la beauté.

En bref, on se lève, on se casse et on absorbe tout ce qu'on peut.

Le soixante-seizième jour

De Dobbiaco à Moos par les Tre Cime,
16 kilomètres et 1 200 mètres de montée.

Sous le refuge Locatelli, le calcaire enneigé avait un teint d'ivoire. Les pins s'obscurcissaient par contraste. Les torrents étaient de jade. La forêt s'éclaircit. La tempête Vaia avait couché les arbres en lanières sur les versants. Plus haut, des avalanches avaient lacéré les pentes.

Les trois cimes se découpaient, isolées – trois sœurs blanches, offrant leurs faces au soleil. Elles symbolisaient la fierté énergétique de la Terre. Illusion ! En réalité, c'étaient trois chicots plantés dans leurs éboulis. La montagne se tombe dessus.

Le ciel était froid, l'air vif, le monde semblait jeune : c'était le carillon du mensonge. En vérité la géologie s'effondrait et nous allions par les travées de la maison des morts. On croit que la montagne se dresse. Elle s'écroule. Le calcaire est une pierre de la sédimentation. Des milliards d'animalcules se sont déposés et, par compression, ont formé les strates que la tectonique a dressées et l'érosion détruites. Le temps continue la sape. Patience (comme disent les professeurs de géologie, qui ne sont pas à deux millions d'années près) ! Nées de la mer, ces montagnes dessinées pour les athlètes rejoindront la plaine quand l'homme aura disparu. La montagne, ce sablier.

Des Dolomites, émanait une perfection esthétique. Le sertissage de ces tourelles conférait au massif des airs de labyrinthe. Les objets précieux y étaient disposés délicatement, isolés les uns des autres. Nous glissions au pied de ces nacres. Chacune avait sa place. On descendit à grandes courbes vers Moos.

Atteindre Trieste nous coûta dix jours à travers la Vénétie, le Frioul et les Alpes carniques. Le froid s'abattit trois jours durant et gela les coulées. Trieste nous aimantait. Du Lac forçait les distances. On ne l'arrêtait plus. Le printemps arrivait, les Alpes s'abaissaient. Le Blanc lâchait ses positions. L'empire reculait. Le printemps désorganisait la belle unité. La traversée s'achevait. Nous avancions toujours. Puis, le ciel souffla le chaud et le froid. Le soir, on traversait à pied les chaos de neige et de terre labourée de coulées. À l'aube on remontait les vallons au couteau sur une neige de céramique. Soudain le redoux de midi jaunissait le Blanc. Alors, on entendait chanter les oiseaux.

Le soixante-dix-septième jour

De Moos au refuge non gardé de Malga Campobon, 20 kilomètres et 1 500 mètres de montée.

L'Alpe s'abaissait, la mer approchait, le printemps naissait, la neige remontait, nous courions les bois. Nous allions à pied pendant des heures par les forêts de feuillus. Nous étions trois alpinistes égarés dans des clairières à champignons, skis sur le dos. Il s'agissait de relier le reste des neiges d'antan (celles de mars). Parfois, l'hiver régnait encore. Ou du moins tenait-il ses quartiers sur un col. À la cabane d'hiver de Malga Campobon, on mit deux heures pour dégager au piolet la porte d'entrée de sa gangue de glace.

Le soixante-dix-huitième jour

Du refuge non gardé de Malga Campobon au village de Forni Avoltri, 20 kilomètres et 600 mètres de montée.

Le typhon de 2018 avait atteint les bordures du Frioul. Des bûcherons travaillaient encore au débardage. Chaque jour répétait sa valse. Nous partions à l'aube du refuge ou de l'auberge. Parfois le taulier nous avançait d'une dizaine de kilomètres jusqu'au versant à gravir. Puis c'étaient la montée dans la forêt, les retrouvailles de la neige au-dessus de 1400 mètres. Alors, nous savions quoi faire et nous nous sentions chez nous. Le col arrivait, plus ou moins facile à franchir. Nous testions les corniches, nous nous assurions dans les couloirs. Nous regagnions les orées et, le soir, nous nous écroulions sur le matelas d'un gîte. Du côté des éléments, même solfège. Les sous-bois du matin, les glaces à midi, les coulées de l'après-midi et les clochers du soir à la lisière des bois. Notre équilibre était dans la lancinante énumération de tableaux. La noria des jours imposait l'identique, définition du bonheur. Notre effort assurait la continuité. Aragon, dans les pages de mon recueil : « Il y aura toujours l'eau, le vent, la lumière. Rien ne passe après tout si ce n'est le passant. » Le passant c'était nous. Ces deux alexandrins plaisaient tant à Rémoville qu'il les gueulait à faire fuir les oiseaux tout juste revenus du sud de la Méditerranée. Ces vers illustraient nos jours homogènes, tendus vers un nouveau rêve : la mer.

Le soixante-dix-neuvième jour

De Forni Avoltri à Mauthen, village autrichien de Carinthie, 16 kilomètres et 1 600 mètres de montée.

La tempête nous maltraita aux cols de Giramondo et du Valentin Tirol. Nous franchîmes un « passo » sur des neiges gelées par les -15° du ciel. Les pentes des forêts demandaient des attentions : ne pas décrocher au-dessus d'un ressaut à peine défendu par un parapet d'arbres nains. Le ski entre les arbres est plus dangereux qu'entre les crevasses.

Le défi était de vaincre la monotonie. Pour cela, un moyen : chiner dans la mémoire. Je revivais mes escalades sur les falaises de Pen-Hir au-dessus de la mer d'Iroise ou les bivouacs dans les landes du Trégor. Pourquoi revenaient-elles toujours les illuminations de la mer Celtique et de la douceur des soirs sur les grèves de l'Ouest ? Parce que ces visions représentaient l'antipode du Blanc. La mémoire contredit toujours le présent.

À l'auberge, nous fîmes l'inventaire du matériel. Les peaux de phoque étaient usées, les couteaux émoussés, les vestes en haillons. On aiguisa les uns, on recousit les autres. Nous *savions* tout ce que nous possédions, définition de la juste intendance. Mon calepin, ma frontale, mon recueil de poèmes : objets dont je me servais le plus. Mon sac pesait huit kilos à présent. Vertu de la cure : quand la logistique diminue, la vie s'augmente. Le bonheur est dans la purge.

Pourquoi nous infligions-nous ces étapes monotones qui n'avaient même plus le caractère épique des courses d'altitude ? Dans ces cavales, nous ne rencontrions personne, n'apprenions rien de l'histoire du Saint-Empire, ni de la diffusion du baroque dans les vallées du Frioul. Nous ne discutions pas, le soir, avec les paysans des montagnes ni ne visitions les places fortes de l'emprise habsbourgeoise. Sur le plan de l'étude, c'était la déshérence. Mais les heures s'offraient à la méditation. Chaque jour, le corps s'occupait d'avancer lentement pendant huit ou dix heures. Pour peu que l'effort soit régulier, l'esprit divaguait gentiment. Appelons cela une expérience de la poésie et du mouvement.

On tâchait de se déplacer selon la préconisation de Stendhal : variété des moments, rapidité d'exécution, volatilité des jugements, fulgurance des sentiments, diversité des états. On voyageait pour la sensation, le plaisir et la gaieté, par la vitesse et la légèreté – puisant simplement notre nourriture esthétique à sa source naturelle et non pas artistique. En d'autres termes, c'était aux paysages de montagne et non aux madones florentines qu'on demandait nos pâmoisons.

Le quatre-vingtième jour

De Plöckenhaus à Paluzza,
13 kilomètres et 1 000 mètres de montée.

Nous funambulions à 300 kilomètres de la Hongrie, dans la Carinthie du vieil empire. Sur les arêtes, nous suivions la ligne de front de la guerre de 1915-1917 entre Italiens et Autrichiens. Des chapelles, à la mémoire des combattants, nous abritaient pour le thé de la halte. Nous passâmes de la Carinthie au Frioul. Un coup de tabac à 1 800 mètres nous coucha sur la crête et nettoya le ciel. Sur une épaule du Blaustein, on vit un parvis de lumière à l'horizon, plein sud. C'étaient les lagunes d'Udine qui chatoyaient. La mer reposait, au pied des Alpes, et le soleil y semait ses taches. Cette nuit-là on dormit à Paluzza, derrière les hêtraies qu'il nous fallut deux heures à atteindre depuis le col et autant de temps à traverser. On avait vu la mer !

Le quatre-vingt-unième jour

De Paluzza à Moggio Udinese,
30 kilomètres et 1300 mètres de montée.

Chaque matin est une porte. On arrivait épuisés, on partait revivifiés. Huit heures de sommeil nous absolvaient. Les directives sanitaires avaient calfeutré l'Italie du Nord. Les gîtes affichaient fermés. Les carabiniers veillaient. Les Italiens se souvenaient du printemps 2020, quand l'irruption du virus avait ravivé le *Décaméron*. Chaque soir, au téléphone, nos amis guides de Dobbiaco nous aidaient à trouver une famille qui acceptait de nous louer une chambre dans un village d'altitude. Ainsi allâmes-nous pendant quelques jours, par les bois et par les cols, de maisons en hameaux à travers une Italie cloîtrée.

De Paluzza à Moggio, on ne chaussa jamais les skis. Les cols ne dépassaient pas 1400 mètres. Les hêtraies sentaient la sève. La neige avait fondu, découvrant des tapis d'aiguilles. L'air vibrait de pollen. La grande éructation du printemps couvait dans l'atmosphère. Le sous-bois se perçait de traits solaires. L'outre exploserait bientôt : l'orgie de mai. Nous fîmes une étape de 30 kilomètres, tâchant de nous persuader que cette marche à travers bois avait encore quelque chose à voir avec l'alpinisme.

Le soir, Stendhal encore. Ces pages étaient notre seule conversation. Sa vie italienne ressemblait à une razzia. Aurait-il haï la lenteur de notre caravane par les forêts du Frioul, lui qui se plaignait en ces mots de l'existence romaine : « Jamais d'effort, jamais d'énergie, rien ne va vite. » L'Alpe s'abaissait vers la mer. Nous approchions, si lents ! si lents ! Le ciel avait des reflets de boue.

Les quatre-vingt-deuxième et quatre-vingt-troisième jours

De Moggio au refuge d'hiver de Montemaggiore,
15 kilomètres et 1 700 mètres de montée.
Du refuge de Montemaggiore au village de Kobarid,
30 kilomètres et 800 mètres de montée.
Puis à pied vers la mer.

À la frontière slovène, au-dessus de l'église de Sainte-Anne, un panneau indiquait « *confino del estato* » en dialecte italo-slovène. L'expression décrivait la couleur de ces journées dans des mondes indécis. Nous sinuâmes dans l'hésitation, à la frontière entre l'Italie et la Slovénie, le ciel et la terre, la glace et la forêt, le sec et l'humide. Après la Sella Carnizza, un village abandonné sous la Bocchetta di Zaiavor achevait de donner à ces lieux la dimension des espaces intermédiaires, à la pliure des empires. Nous longeâmes la frontière sur des crêtes effilées à 2 000 mètres d'altitude. On dormit dans un casernement délabré qui avait servi de poste de guet italien devant le bloc soviétique. Ces parages avaient constitué les extrémités du monde libre, au contact de l'ancienne Yougoslavie communiste. Les Slovènes avaient directement basculé – après deux guerres mondiales – des gracieusetés de l'Empire austro-baroque à la bétonification socialiste. Alors, pendant un demi-siècle, ils s'étaient retranchés sous une cloche surmontée d'une étoile rouge.

Les frênes et les mélèzes se souciaient peu des démarcations du siècle. Ils nous rendirent la tâche ardue. Les arbres couronnant le fil de la crête obstruaient le passage, nous rejetant sur les flancs raides, en contrebas du fil que nous longions.

Nous employâmes treize heures à relier le village slovène de Kobarid depuis l'ancienne caserne où nous avions cantonné.

De part et d'autre de la dorsale, les versants plongeaient vite. En bas, les villages dormaient. Les brumes intercalaient les arbres et les roches. Parfois, les voiles se déchiraient. La mer apparaissait dans l'estampe. Des plaques d'or dansaient sur la surface, annonçant le terme de quatre années de traversée. Dans ces reflets, promesse de la douceur.

L'arête se resserrait, offrant la largeur de son fil. Le regard embrassait deux vertiges à la fois. Les fonds de vallée – celui de l'est et celui de l'ouest – reposaient 1 000 mètres plus bas. À gauche, l'ancien pacte. À droite, l'Italie. Le siècle rouge d'un côté, la *dolce vita* de l'autre. Et devant nos skis, l'alignement des résineux en équilibre sur les blocs enneigés. Sur cette lame qui avait séparé le monde de Mastroianni et celui de Vissotsky, nous n'arrachions pas plus d'un ou deux kilomètres à l'heure.

Je portais en moi cette opposition des mondes centraux. La profondeur slave s'était étrangement invitée dans mon enfance. La russophilie de ma mère nous avait bercés, mes sœurs et moi, de sa nostalgie. Les combats anticommunistes des journaux de mon père corrigeaient nos inclinations russo-tchekhoviennes par un dégoût profond pour la prétention progressiste. Éva, échappée de la Hongrie socialiste, avait été accueillie à la maison pour s'occuper de nous. Ces accents slaves, associés à un goût familial pour toutes les expressions artistiques de la Mitteleuropa, transformaient cette dernière journée de ski de crête en une marche à la verticale de mon enfance.

L'arête s'aplanit, nous étions au sommet du Stol et basculâmes en Slovénie, épuisés par la course du jour. Le résidu des neiges nous offrit encore 400 mètres de ski sur une soie de printemps posée sur les alpages. À 1300 mètres d'altitude, fin de la neige. On glissa quelques mètres sur l'herbe jaunie. Un vent tiède montait de la vallée. Le monde sentait le cheval chaud. Quelque chose se terminait. La porte du Blanc se fermait. Je me souviens du son d'une cloche dans la vallée, et d'un oiseau de proie posé sur la cime d'un sapin. C'était la fin de notre traversée des Alpes.

Nous ôtâmes nos skis pour entrer dans la forêt. Nous ne les remettrions plus. Nous arrivâmes à minuit, en titubant, au village slovène de Kobarid où personne ne parlait plus russe.

Le quatre-vingt-quatrième jour

De Kobarid à Gorizia.

Une longue marche sous la pluie par les forêts slovènes nous mena à la plaine italienne. La montagne s'épanchait vers la mer par les gorges de la Soca. Un demi-million de combattants italiens et austro-hongrois s'étaient entretués dans ces labyrinthes entre 1915 et 1917 pour la gloire des nations et la fin des Habsbourg. Les forêts, constellées de bunkers, suintaient la mort récente et le narcissisme national qui sonne la fin de l'empire (sur soi).

Nous croisâmes une salamandre à taches jaunes sur une souche de bois mort. On la salua. Elle portait un présage : il faudrait renaître, inventer d'autres voyages. Nous suivîmes le couloir de sortie orographique, plein sud, sur le rebord de la gorge. Les eaux de fonte dans le fond du canyon avaient des teintes de jade. L'altimètre baissait et l'air sentait le sel.

L'Italie avait fermé sa frontière aux visiteurs pour raison prophylactique. Nous coupâmes la frontière dans la forêt, traversant la route en courant. Rémoville se demandait si trois silhouettes à la lisière des bois, skis sur le dos, allaient alerter les forces de l'ordre italiennes. Je le rassurais grâce aux *Brigands* d'Offenbach : « Nous sommes les carabiniers / mais par un malheureux hasard / au secours des particuliers / nous arrivons toujours trop tard ».

La frontière opéra sa magie en 100 mètres. À peine le dernier talus des pentes slovènes entré en contact avec la plaine italienne, la pluie cessa par enchantement et apparurent la vigne, les cyprès, les façades peintes. Les frontières sont le portail des mondes. Elles sont des lignes réelles qui séparent les losanges d'arlequin. Fasse le ciel qu'elles ne disparaissent jamais ! On tourna le dos à la montagne, définitivement.

Le dernier jour

Vers Duino.

Le lendemain, après 30 kilomètres de marche dans les collines profondes, nous étions à Duino. De la plage, au nord-ouest, sous le château de Rilke, nous distinguions les Alpes vénitiennes : une ligne mauve tirée dans le ciel. Rilke avait écrit sur ces rochers blancs des lamentations impossibles. Je retenais un vers de sa première élégie. « Il nous reste la route d'hier. » Nul ne pouvait s'en prendre aux souvenirs.

Sur la plage de Duino, on se baigna. C'était le bleu. Un autre ordre, un autre baptême.

L'ADIEU AU BLANC

Pendant quatre ans, j'avais poussé les portes d'un royaume physique et onirique. Chaque jour, l'impression de passer le seuil. Derrière, la vaporisation. Sans hâte ni recours, je rejoignais un monde sans contours.

Les structures du paysage se métamorphisaient en un motif unique. Massifs et vallées s'étaient succédé : Alpes-Maritimes, Ubaye, Savoie, Valais, Tessin, Grisons, Tyrol, Alpes juliennes... Ces espaces avaient perdu leurs délimitations pour se dissoudre en un seul principe dont l'absence de singularité garantissait l'éclat.

Le Blanc s'étendait dans l'indifférencié, par-delà l'histoire et la géographie. Le Blanc ne constituait pas un milieu naturel, encore moins un paysage, mais une substance. Rapportée au monde abstrait, une substance s'appelle l'universel. Sa traversée s'appelle un rêve.

La neige était un élément transitoire, fragile et éphémère. Un jour, elle fondait. Le monde revêtait alors une forme que le manteau avait dissimulée. On croyait se glisser dans un décor. On s'invitait dans une parenthèse.

Dans le Blanc, tout s'annulait : les vœux comme les regrets. On se suspendait dans une méditation, scandée par le mouvement. La joie de la contemplation se mêlait à la jouissance de tracer dans l'absolu. L'effort seul opérait le décompte. La fatigue sacrait le sentiment d'accomplissement.

Ainsi, pendant des jours, flottait-on en état de dématérialisation. Le Blanc avait *rectifié* le monde selon le vocabulaire alchimiste. L'élément était une matière qui devenait une pensée. Déposé sur la Terre, emplissant la vue, le Blanc investissait l'esprit. Était-ce une opération mystique ? Le monde avait connu une transmutation. Nous aussi, peut-être.

Dans le vent, quand le jour devenait blanc, on allait, réduit au seul soin d'avancer. Le Blanc envahissait l'être, organisait l'oubli. Les skis battaient. En soi, fin du logos. Dehors, absence des formes. C'était le tao de l'effort. Parfois, il nous semblait nous évanouir vivants. Où allait-on ? Peu importait. Pour combien de temps ? Aucune idée. Rimbaud : « Je ne parlerai pas, je ne penserai rien, mais l'amour infini me montera dans l'âme. » Remplacer « amour » par « Blanc ».

Puis arrivait le soir. Dans le refuge, l'autre hypnose : celle des flammes. Le corps se reconstituait cellule par cellule. Demain on repartirait. On buvait du thé. Après le Blanc, le Chaud. Et l'esprit revenu à sa propre surface tâchait de se rappeler les tableaux de la journée. On revoyait les tours noires, les crevasses bleues, les vallons blancs et les versants de brouillards.

Si je l'avais su avant, j'aurais récité la fin du psaume de David, dans les cabanes du soir. La bûche de pin aurait craqué dans le poêle. Le verset aurait résonné comme un cri de gratitude au terme d'une journée de *liberté sur la montagne*, vécue dans l'oscillation entre l'effort de la brute et la communion de l'ange : « Lave-moi et je serai plus blanc que neige. »

APHORISMES SOUS LA LUNE ET AUTRES PENSÉES SAUVAGES, Éditions des Équateurs, 2008 (Pocket).

VÉRIFICATION DE LA PORTE OPPOSÉE, Éditions Phébus, 2010 (Libretto n° 312) ; nouv. éd. 2021.

APHORISMES DANS LES HERBES ET AUTRES PROPOS DE LA NUIT, Éditions des Équateurs, 2011 (Pocket).

GÉOGRAPHIE DE L'INSTANT, Éditions des Équateurs, 2012 (Pocket).

CIEL MON MOUJIK ! ET SI VOUS PARLIEZ RUSSE SANS LE SAVOIR ?, « Le goût des mots », Seuil, 2014 (Points) ; nouv. éd. 2022.

BEREZINA, Éditions Guérin, 2015 (Folio n° 6105), prix des Hussards et prix littéraire de l'Armée de Terre – Erwan Bergot 2015, élu « Meilleur récit de voyage 2015 » par le magazine *Lire*.

UNE TRÈS LÉGÈRE OSCILLATION : JOURNAL 2014-2017, Éditions des Équateurs, 2017 (Pocket).

UN ÉTÉ AVEC HOMÈRE, Éditions des Équateurs, 2018, prix Audiberti 2018.

NOTRE-DAME DE PARIS. Ô REINE DE DOULEUR, Éditions des Équateurs, 2019.

L'ÉNERGIE VAGABONDE, Éditions Robert Laffont, collection Bouquins, 2020.

UN ÉTÉ AVEC RIMBAUD, Éditions des Équateurs, 2021.

NOIR. TEXTES ET DESSINS, Albin Michel, 2022.

Livres illustrés

CARNETS DE STEPPES, avec Priscilla Telmon, Éditions Glénat, 2002.

SOUS L'ÉTOILE DE LA LIBERTÉ, avec les photographies de Thomas Goisque, Éditions Arthaud, 2005 (J'ai lu).

L'OR NOIR DES STEPPES, avec les photographies de Thomas Goisque, Éditions Arthaud, 2007 (J'ai lu).

D'OMBRE ET DE POUSSIÈRE. LES SOLDATS FRANÇAIS EN AFGHANISTAN, avec les photographies de Thomas Goisque, Albin Michel, 2013.

EN AVANT, CALME ET FOU. UNE ESTHÉTIQUE DE LA BÉCANE, avec les photographies de Thomas Goisque, Albin Michel, 2017.

UN ÉTÉ AVEC HOMÈRE. VOYAGE DANS LE SILLAGE D'ULYSSE, avec les photographies de Frédéric Boissonnas et les illustrations de Laurence Bost, Éditions des Équateurs, 2020.

Composition : PCA
Achevé d'imprimer sur Roto-Page
par l'Imprimerie Floch
à Mayenne, en septembre 2022.
Dépôt légal : septembre 2022.
Numéro d'imprimeur : 101045.
ISBN 978-2-07-296063-5 / Imprimé en France.

400617